はしたかの鈴　法師陰陽師異聞

美奈川　護

集英社文庫

目次

序　塗籠の小鬼、法師陰陽師に祓われること　9
一　土公神の怪　15
二　時操りし鬼、天眼の博徒と相対す　61
三　名も知らぬ君よりの文　131
四　鵺の鈴　205
終　安倍晴明、播磨の法師陰陽師を訪ねること　269
解説　細谷正充　282

はしたかの鈴　法師陰陽師異聞

はしたかの　すずろあるきに　あらばこそ
かりともひとの　おもひなされめ

――『清正集』より

芦屋 道満　あしやどうまん（生没年不詳）

平安時代中期の呪術師。

朝廷の陰陽寮《おんみようりよう》に所属しない、非官人の陰陽師《おんみようじ》（法師陰陽師）であったとされている。

生没年・本名共に不詳。別名として道摩《どうま》法師という名も伝えられているが、道摩法師と芦屋道満は別の人物であるという説もあり、その実像は謎に包まれている。

道満は多数の優秀な陰陽師を輩出した播磨国《はりまのくに》に生まれ、幼少のころから強力な神通力を持っていたという。その噂《うわさ》を聞きつけた藤原顕光《ふじわらのあきみつ》が、安倍晴明《あべのせいめい》が仕える政敵・藤原道長に対抗しようと道満を京へと呼び寄せたと言われている。

多くの伝承やフィクションでは、安倍晴明と同年代の好敵手ないしは、敵対する老獪《ろうかい》な悪役という立場で語られている。互いに呪術勝負をしたが道満が敗北し、晴明の弟子に下った。道満が晴明の主《あるじ》である藤原道長を呪い殺そうとしたことがばれて播磨に流された。晴明の妻を寝取ったことで首をはねられたなど、晴明にやりこめられる役どころとして多くの逸話が残されている。

しかし道満が生まれたとされる加古川《かこがわ》の寺院には、天徳二年（九五八年）に生誕したという記録が残っており、それが正しければ道満は晴明よりも三十七歳も若かったことになる。

いずれにせよ、道満が確実に生きていたとされる公的な記述は残っていない。芦屋道満の墓とされる場所も全国各所に散見することから、安倍晴明が神格化されるに伴い、彼の活躍を引き立てるための分かりやすい悪役として生み出された伝説上の人物との見方もある。

なお、道満が晴明との呪術勝負に敗れたのは、彼が播磨から京へ向かう途中で、己の式神《しきがみ》を正岸寺《しょうがんじ》の祠《ほこら》に封じてから御所に入ったためとも伝えられている。

序　塗籠の小鬼、法師陰陽師に祓われること

平安京は、死の臭いに満ちている。

公家百官の広大な邸宅が立ち並び、春ともなれば大路に桜が咲き乱れ、姫君の艶《あで》やかな出衣《いだしぎぬ》を簾《すだれ》の下から覗《のぞ》かせた唐車《からぐるま》が行き来する……都と称するに相応《ふさわ》しい風情を見せているのは、内裏にほど近い左京の一角だけにすぎない。羅城門《らじょうもん》を越えた洛外《らくがい》はいわずもがな、洛中とされる右京すら、まばらな人家とみすぼらしい田畑が広がるだけの荒地だ。都に蔓延《まんえん》する疫病により、路傍には死体が点々と転がっている。

その右京の果て。洛外へと続く下《しも》ツ道の近くに、荒れ果てた一軒の邸《やしき》が建っていた。住むのは、没落貴族の娘であった。

娘の父は漢才に長《た》けた殿上人であったが、陰陽師に政敵の呪詛《じゅそ》を依頼したことが検非《けび》違使《いし》の知るところとなり、幽閉の果てに没したのだという。

娘は憐《あわれ》みと、わずかな嘲笑と共に「下ツ道の君」と呼ばれていた。

下ツ道の君には、妻問婚《つまどいこん》の公達《きんだち》がいた。彼には他にも妻が数人いたが、まだ子供はいなかった。ここで世継ぎとなる男児を産めば、公達が左京に構える邸に迎え入れられ、かつての優雅な生活を取り戻すことができるに違いないと考えていた。

その願いが届いたのか、間もなく彼女は懐妊した。無事に臨月を迎えた戌《いぬ》の刻《こく》、下ッ道の君は産屋《うぶや》に入って数刻の後に男児を産み落とした。

だが、すでに赤子は息をしていなかった。下ッ道の君は取り乱し、女房にこう命じた。

疾《と》く、身代わりの赤子を探してまいれ。

幼少時から下ッ道の君に仕えていた年嵩《としかさ》の女房は彼女を憐れみ、邸に仕える舎人《とねり》を洛外に向かわせた。舎人は病で命を落としたとみられる路傍の骸《むくろ》が抱いていた赤子を攫《さら》うが、慌てて邸に連れ帰ったその赤子は女児であった。

女では意味がないと下ッ道の君は取り乱すが、その時すでに夜は明けかけていた。知らせを聞きつけて邸を訪れた公達に、下ッ道の君はその女児を自らが産んだ子だと告げる。夫は男児ではないことを嘆いたものの、なんの疑いもなく初子の誕生を喜んだ。

だが、その拾い子は泣くことも笑うこともなく、ただ異様に大きな目を見開くばかりの、気味の悪い赤子であった。

五十日《いか》の祝いでも、集まった近親者が「不気味な稚児《ややこ》」と眉を顰《ひそ》める始末だった。数えで三つとなっても、女児は言葉を一切発することはなかった。

その頃、公達は別の妻が嫡男《ちゃくなん》を産んだことにより、邸に顔を見せることすらなくなった。ひとり残された下ツ道の君はいつしか拾い子を憎むようになり、ついには邸の塗《ぬり》籠《ごめ》に閉じこめてしまった。

そんな折、久方ぶりに娘の顔を見たいと公達が邸に牛車《ぎっしゃ》をつけた。ろくな世話もしていない子を夫の目に触れさせるわけにはいかず、下ツ道の君は苦し紛れに「娘には鬼が取り憑《つ》いたゆえ、やむなく塗籠に閉じ込めております」と告げた。

狼狽《ろうばい》した公達は陰陽寮に鬼祓《おにばら》いを頼もうとするが、官人陰陽師たちは疫病退散の加持《かじ》祈禱《きとう》に掛かりきりで、助けは望むべくもない。噂を頼ってようやく行き着いたのは、ある非官人の陰陽師であった。

宮仕えをしていない法師陰陽師など、詐欺師のようなものだ。だが、その男は優秀な陰陽師を多数輩出してきた播磨国の出身であり、下級貴族や民衆からの依頼も聞き入れてくれるということだった。

かくして邸に現れたのは、実に奇妙な男であった。

身の丈は六尺（約一八〇センチメートル）ほどもあろうか。身に付けているものは薄早《うすさ》蕨色《わらびいろ》の袍服《ほうふく》に、縁地《へりじ》には紺地引箔《ひきはく》唐花《からはな》、甲地には白茶地雲に鳳凰《ほうおう》華紋《かもん》を散らした衲衣《のうえ》七条《しちじょう》袈裟《げさ》。目元以外を覆った縹《はなだ》帽子《もうす》により、表情はおろか年齢すら推し量ることができない。だが、その声はまだ年若い男のようにも聞こえた。

公達から話を聞いた巨漢の陰陽師は彼らを下がらせると、娘が閉じ込められている塗籠の板扉を開けて中に入っていった。

塗籠の前で念仏を唱えながら家人たちが見守る中、数刻の後に法師陰陽師は肩に何かを担ぎあげて板扉から現れた。

それは、塗籠にしまってあった几帳《きちょう》の帷《とばり》で巻いた何かであった。中身を封じるかのように朱砂《すさ》でしたためられた霊符が貼られており、邸の者たちは悲鳴を上げた。

「残念ながら、ご子女は完全な小鬼《しょうき》と化しておりました。この鬼は、私が責任をもって封じることにいたしましょう」

そう告げる法師陰陽師に、邸の者たちは嘆くこともなく、逆に安堵《あんど》の表情を浮かべた。彼らは娘を心配していたのではなく、単に触穢《しょくえ》を恐れていただけであった。

法師陰陽師は名乗ることもなく、報酬の銅銭と酒を受け取ると、小鬼を担いだまま都の粘ついた闇に消えていった。

その後、下ツ道の君は鬼の子を孕《はら》んだ穢《けが》れとして都を追放され、鴨川《かもがわ》に身を投げたと伝えられている。

陰陽師と共に消えた小鬼の行方は、誰も知らない。

一　土公神の怪

梔子《くちなし》の花弁が、初夏の風に揺れている。

外歩きをするには厳しい夏の気配を孕《はら》みつつも、左京七条にある東の市は相応の賑《にぎ》わいを見せていた。

道には絹や糸を売る商人が看板を立て、干し魚を入れた籠を頭に乗せた市女《いちめ》が行き来する。邸《やしき》の使いと見られる雑色《ぞうしき》が荷物を抱えている横を、豪奢《ごうしゃ》な牛車《ぎっしゃ》が通り過ぎていく。

あらゆる階級の人々が混在する市は、この都においては希有《けう》な場所だ。

そんな往来を闊歩《かっぽ》する、奇妙な大小二つの影があった。

一人は、見上げるほどの巨軀《きょく》に衲衣《のうえ》七条袈裟《しちじょうげさ》を纏《まと》った法師陰陽師である。顔の半分は縹帽子《はなだもうす》で覆われており、年齢すらうかがい知ることはできない。

その男に伴われたのは、狩衣《かりぎぬ》に指貫《さしぬき》姿をした男装の娘であった。裳着《もぎ》を迎えてもおかしくない年頃に見えるが、眉も抜かず、髪も男童《おのわらわ》のような下げみずらに結っている。彼女が歩を進めるたびに、頸上《くびかみ》の緒につけられた鈴が鳴る。

雑芸者のように奇異な二人組だったが、彼らは周囲の視線など気にも留めずに大路を歩いている。陰陽師は、縹帽子の隙間から市を見回した。

「それにしても、内裏の近くは平穏なものだ。洛外に出れば、そこは疫病で倒れた死体の山だというのに。だが、おかげで官人陰陽師どもは疫病退散の加持祈禱《かじきとう》にかかりきり。奴《やつ》らに断られた貴族のくだらぬ依頼が山のように来るのだから世話ないが」

「ですが道満様。貉《むじな》退治ばかりを行っていても、内裏に入りこめるとは思えません」

皮袋の銅銭を鳴らす陰陽師に、男装の娘は表情一つ動かさずに呟《つぶや》く。その言葉に、道満と呼ばれた男は苦笑のような声を漏らした……表情など一切窺《うかが》えなかったが。

「鴇《はしたか》よ、あれは単なる貉退治ではない。たとえ『毎晩丑《うし》の刻《こく》に現れる物《もの》の怪《け》を祓《はら》ってくれ』という貴族の邸を調べた結果、軒下で貉の親子が走り回っていただけであってもだ。貉を山に返した上で霊符の一枚でも書いてやれば、依頼主の元には平穏が訪れる。それを祓いと言わずしてなんと言おうか」

「道満様がそうおっしゃるのであれば、そうなのでしょう」

適当極まりない言葉に、鴇と呼ばれた娘は頷《うなず》いた。道満は道のど真ん中で雑草を食《は》んでいる放ち飼いの牛を大儀そうに避《よ》けながら続ける。

「物事には、順序というものがあるのだよ。階《きざはし》を、ひとつひとつ上がっていくようにだ。現に数年前までは民衆や下級貴族からの頼みしかなかったものが、もはやこうして内裏の近くまで来ているではないか。お前も私の式神として、心して働くといい」

式神《しきがみ》という単語をことさらに強調し、道満は鴾に問う。

「して、鴾よ。次なる仕事となりそうな依頼はあるか？」

「洛外で毎夜、すすり泣きながら死体をあさり歩く女の鬼が出るとの訴えが、方々から入っております」

「ほう、それは貴族からの依頼か？」

「いいえ、皆が市井の方です。羅城門近くの洛外での出来事とのことですので、おそらくはあの辺りに住む農民たちの話でしょう」

「ならば後回しだ。報酬もたかが知れているし、旨味《うまみ》がない。どうせ生活に困って耄碌《もうろく》した老婆が、死体から身ぐるみ剥いでいるのだろう」

そう一蹴し、道満は気だるげにぼやいた。

「せめて下級貴族からの依頼はないのか。子供に鬼が憑《つ》いたとか……その場合は、十中八九が風病《かぜ》だからな。薬湯を飲ませて霊符の一枚でも書いてやれば済むから手っ取り早い」

「今のところはございません」

「それならば構わん。貉退治の報酬で、しばらくは十分だろう。久しぶりに唐菓子《からがし》でも買ってやろうか……その前に酒の肴《さかな》だ。押鮎《おしあゆ》でもあれば良いのだが」

辺りを見回すと、ちょうど干し魚の行商をしている市女がいた。呼び止めると、女は奇妙な風体《ふうてい》の二人組にぎょっとしたようだが、構わず品物を見せるように頼む。

その時、道満たちの近くで一台の牛車が停《と》まった。踏板から降りてきたのは、三十代半ばほどの男だった。体格は良いが、神経質そうな細い目をせわしなく動かしている。

男は道満たちを一瞥《いちべつ》すると、野犬でも追いやるように手を払った。恰好《かっこう》からすると、それなりの官職に就く者だろう。たてついてもろくなことはないと判断した道満は、素直に買い物の順番を譲る。

道満たちなど眼中にもない様子で市女に話しかける男だったが、やけに会話が長い。市女笠《いちめがさ》に遮られて女の表情は分からないが、知り合いというには身分の差が開いている。大体、わざわざみずから出向かずとも、干し魚の買い物ぐらい使いの者を寄越《よこ》せば済みそうなものだ。

「……鵺よ。あの男に覚えはあるか？」

道満がそう聞くと、鵺はわずかな沈黙を置いた。そして、分厚い経典の中から一瞬で目的の一節を見つけ出したように答える。

「昨年の葵祭《あおいまつ》りの際に、一度だけお見かけしました。検非違使大尉《けびいしのだいじょう》の中原章臣《なかはらのあきおみ》右衛門尉《うえもんのじょう》様でございます」

「ほう、検非違使か……」

鵺の答えを、道満は当然のように受け止めた。獲物を見つけた獣のような視線で章臣を眺めやる。

検非違使は都の警固をつかさどる役職だ。市司《いちのつかさ》と共に、人の集まる市の警備にあたるのはおかしいことではない。体格がいいのも、武芸の心得があるからだろう。よく見れば己の権力を誇示するように、腰には使いこまれた高級そうな太刀を佩《は》いていた。

さすがに道満の視線に気づいたのだろう。章匡は顔を上げ、こちらを睨《にら》みつける。

「薄汚い法師がなにを見ている、疾《と》く失《う》せよ」

そう吐き捨てる章匡に、道満は「……種を蒔《ま》いておくに越したことはあるまい」と縹帽子の下で独りごちた後、頭《こうべ》を垂れる。

「これは失礼。ですが、そう目くじらを立てることもありますまい。確かに我々法師陰陽師など、検非違使大尉のご身分にある方にとっては疎《うと》ましい存在でしょうが」

慇懃な調子でそう言うと、章匡は若干怯《ひる》んだような表情を見せた。市女から離れてこちらに歩み寄り、声をひそめながら吐き捨てる。

「……私の立場を知っているのであれば、なおさら連れと共に去ることだ。黙認されているとはいえ、法師陰陽師が違法の存在であることを知らぬわけではあるまい」

精一杯凄《すご》みを利かせてくるが、長身の道満を見上げる形になっているので様にはなっていない。すると道満は鴇の肩に手を置き、章匡にだけ聞こえるほどの声量で呟いた。

「ほう、貴殿には私の式神が――見えるのですか？」

ぎょっとした様子で鵺に視線を移す章匡に、道満は首を傾《かし》げながら続ける。

「ご存じの通り、式神は陰陽師が使役する精霊にございます。なんでも稀代《きたい》の大陰陽師、安倍晴明殿ともなると、十二神将と呼ばれる鬼神を従えているとか。式神はこの世のものではないので、霊力のない徒人《ただびと》には見えるはずがございません。もしや、なんらかの事情で鬼に憑かれ、半ば霊界に足を踏み入れているのでは――」

不思議そうな口調を装いながらそう言って、道満はわざとらしく口をつぐんだ。

「おっと、失礼いたしました。卑しき法師陰陽師の立場で申し上げるのも失礼ですが、一度陰陽寮で見ていただいたほうが良いかもしれませんな」

「ま、待て。憑かれているとはどういうことだ」

道満の言葉に、章匡の顔色が青くなっていく。先ほどまでの威勢はどこへやらといった様子を見て、道満は章匡に耳打ちした。

「……貴殿のお立場であれば、陰陽寮には言えぬこともございましょう。その時は、ぜひ私をお呼び立てください。私は播磨国より上りました法師陰陽師、芦屋道満にございます。可能な限り、お力になりましょうぞ」

章匡は道満と鵺の顔を交互に見ると、一目散に自分の牛車に戻っていった。その様子を見ながら、鵺が呟く。

「脅かし過ぎではありませんか？」

「あの男に後ろ暗いところがなければ、官人陰陽師に適当な祈禱でも行ってもらうだけのことだろう。だが、もしも私の元に転がりこんでくるような事情があれば……」

そこで一旦、道満は言葉を切った。そうすれば儲《もう》けものだ。検非違使の弱みを握ることができれば、自分はさらに都の中を自由に動くことができる。

「ありがとうございました、法師様」

道満を現実に引き戻したのは、市女のか細い声だった。別に助けたつもりはないのだが、章臣との会話も気になったので、道満は問いかける。

「とんでもございません。ところで、右衛門尉殿となにを話されていたのです？」

「いえ……とても、法師様にお話するようなことでは……」

市女がそう俯《うつむ》いた瞬間、一陣の風が吹いた。その拍子に市女笠から下がっていた虫の垂衣《たれぎぬ》が翻り、一瞬だけ女の顔を露《あら》わにする。

その時だった。にわかに市の中央が騒がしくなり、人々の視線が一斉にそちらへと向けられる。

市の広場に現れたのは、繋《つな》がれた罪人の縄を引く髭面《ひげづら》の男だった。派手な綾羅《りょうら》錦《きん》繡《しゅう》の衣を烙印《らくいん》のごとく纏《まと》った男の立場は一目で判《わか》る——放免だ。

放免は検非違使庁に所属する下級刑吏だが、もともとは釈放された罪人である。罪人同士の情報に通じているとされ、犯罪者の探索や、拷問といった仕事を担っている。

人の集まる市では見せしめのため、罪人に鞭打《むちう》ちの肉刑を加えることもある。どうやらこれから放免が罪人を打つようだ。買い物をしていた男たちは、これは見ものであるとそちらに向かって行くが、女たちはそそくさとその場から離れていく。

「卑しい身分ゆえ、お礼もできずに申し訳ございません。それでは、私はこれで……」

放免と罪人の姿を見るなり、市女は慌てたように笠をかぶりなおした。そして、罪人が刑を受ける広場の方向へと走っていく。

肉刑見物に行くとは妙な女だ。群衆の中に彼女の背が消えていくのを見届けた後、道満は鶍に確認する。

「あの市女の顔、覚えたか？」

「言われずとも」

その答えが返ってくることは、ある程度予期していた。簡潔に問いを続ける。

「どう思う？」

「お美しい方でしたね」

素直な鶍の答えに、道満は頷いた。めくれた虫の垂衣から一瞬だけ見えた市女の顔は、確かに美しかった。高貴な姫君にも勝るとも劣らない白皙《はくせき》の肌に、小ぶりで整った目と鼻の造りは、着飾ればさぞかし麗しくなるだろう。

「鶍よ、右衛門尉について、記憶していることをすべて話せ」

道満がそう言うと、鴇は経典をめくるように……この世に、目の前で起きたことをすべて記録しておける法術があるとするならば、それをもう一度頭の中で視覚として見ているかのように口を開く。

「昨年の葵祭りの際には、先ほどと同じ牛車に乗っておりました。牛飼童の顔も先ほどと同じでした。その時に着ておりました狩衣の色は……」

「そんなことはどうでもいい。妻は何人いる？」

「六人の妻がいるようです。なんでも歌詠みの才があるとのことで、その筆跡は優雅で流麗。あの方からの文をいただいた女性は、必ず落ちると評判で……」

一体どこで聞いた噂《うわさ》を記憶して来たのか。道満は鴇の言葉を遮り、胸中で笑んだ。

「なるほど。もしや右衛門尉、あの市女を妻に迎えようとしているのかもしれんな。字も読めぬ女であれば、得意の文も効果がない。好色男としては、落とし甲斐《がい》があるというものだろう」

「よく分かりません」

「お前には分からんでいい、独り言だ……それに、だからといって我々には関係のない話だ。これだけの情報では、右衛門尉に対する強請《ゆす》りの種にもなるまい」

道満はぴしゃりと告げるが、鴇は納得していないように黒々とした眉を寄せた。

「しかし、男が通い所をいくつも設けるのはおかしいことではありませんし、市女としては願ってもいないことだと思いますが、なぜ彼女は右衛門尉様を拒むのですか？」

「人の心は、そういうものではないのだよ」

「では、道満様。私にも、人の心を教えていただけませんか。今まで道満様からは陰陽道の知識はもちろんのこと、紀伝道、明経道《みょうぎょうどう》、明法道《みょうぼうどう》、算道に至るまでを教えていただきましたが、私はそれらすべてを覚えてしまいましたから」

　そう言う鵺に、道満は首を振った。

「鵺よ、お前はそのままでいい。お前は目の前で起こることを、私のために記憶しておくだけでいいのだ」

　これ以上の質問は許さないとでも言うように歩き出すと、鵺は道満の意思を汲《く》んで従順に付いてくる。当たり前だ、式神は、己を使役する陰陽師に逆らうことはない。

　後方の広場では放免による罪人の鞭打ちがはじまっているようだ。結局押鮎は買えなかったなと思いながら、道満は一瞬だけ後方を振り返る。

　ふと、あの市女が群衆の中、虫の垂衣越しに美しい顔を動かしもせず、じっと罪人を見つめているような気がした。

　道満の邸は、六条《ろくじょう》坊門小路《ぼうもんこうじ》と万里小路《までのこうじ》が交差する通り沿い、河原院《かわらのいん》の跡地にある。

播磨国から京に上って数年後、とある老坊主の頼みで祓いを行った際に礼として貸し与えられたもので、左京の鴨川《かもがわ》沿いにある一等地だ。本来であれば洛外の荒屋《あばらや》に居を構えるべき法師陰陽師ごときには過ぎた話である。

しかし無論のこと家人もいないので、実際に使っているのは寝殿の、さらにその一角だけだ。河原院はもともと嵯峨天皇《さがてんのう》の皇子《みこ》、源　融《みなもとのとおる》の別荘であったが、その後の所有者となった宇多上皇《うだじょうこう》の死後は住む者もなく廃墟《はいきょ》と化していた。その結果「荒れ果てた河原院跡には怪しげな法師陰陽師とその式神が棲《す》みついている」という噂が広まり、滅多に人が近寄ることもない。

道満も�、調度品や衣類に拘《こだわ》ったり、庭園に咲く季節の花々を愛《め》でる人間ではない。結局二人は宝の持ち腐れとでもいうべき環境下で、好き勝手に暮らしているのだった。

東の市での出来事から数日後。寺の鐘が巳《み》の刻《こく》を告げるころになっても、道満はまだ臥所《ふしど》にいた。禁中では早朝から主殿司《とのもりのつかさ》たちが働きはじめるというが、無頼《ぶらい》の輩《やから》には関係ない。

と、簀子縁《すのこえん》を鈴の音と共に鵼が走ってくる気配が届いた。鵼は道満とは逆に、夜は早く朝も早い。すでに狩衣に着替えている鵼が、無遠慮に几帳《きちょう》をばさばさと揺らす。

「道満様、客人でございます」

面倒なので大袿《おおうちき》を頭から被《かぶ》って無視を決めこんでいると、今度は棒雑巾の柄《え》で床板を叩《たた》きはじめる。頭に直接響く音に、さしもの道満も顔をしかめた。

「起きてくださいい道満様、右衛門尉様の使いです」

「右衛門尉……？　市で会った、検非違使大尉か？」

その名前を聞き、道満はようやく臥所から起き出した。御簾《みす》を上げて前栽《せんざい》の向こうへ視線を投じようとするが、生い茂る草に視界を阻まれてすぐにあきらめる。

「なるほど。どうやら後ろ暗いところがあったようだな。それも、陰陽寮にも相談できないような事案とくれば……だが……」

独りごちた後、道満は几帳越しに鴾へ視線を戻した。

「今日は日が悪い。卜占《ぼくせん》で吉日を決め、改めて邸に伺いますと伝えてこい」

その言葉に、鴾は再び簀子縁を走って行った。無駄に敷地が広いので、ここから中門に行くのも一苦労である。

しばしして、鴾が戻ってきた。そちらに視線を向けないまま問いかける。

「使いの者は帰ったか」

「はい。しきりに吉日はいつかと聞かれましたが、道満様の卜占によりますので今日のところはお引き取り願いますと突っぱねました」

道満は満足気に頷き、己の勘の良さを称《たた》えることにした。

「ふん、よほどなにかに脅えているようだな……まあいい、今から東の市へ行くぞ」

「買い物は済んだばかりですが」

「このまま右衛門尉の依頼を聞いたところで、情報が少なすぎるのだよ。どうもあの男からは、不穏な臭いがする。再度、あの市女から話を聞いておくに越したことはない」

そこで一旦言葉を切ると、道満は念を押すように呟く。

「何度も言うが、私の陰陽道に必要なものは話術と情報だ。霊力など二の次よ」

「分かりました。ですが今日は十六日ですので、市は右京に移っておりますが」

左京で東の市が開かれるのは十五日までで、十六日からは右京の西の市に移るのだ。

道満は唐櫃《からびつ》から袈裟を引っ張り出しながら頷いた。

「そうだったな。仕方ない、西の市まで足を運ぶとするか……鶺、先日東の市で会った市女の顔、覚えているな。私が仕度を終えるまでに、彼女の姿絵を描いておけ」

「紙を使っても良いのですか？」

「こういう時に使わず、いつ使うのだ」

紙は貴重品で、市にも滅多に出回らない。しかし道満はそう答えると、鶺を臥所から追いやった。西の市までは距離があるが、徒歩《かち》は慣れたものだ。牛車に頼って足腰の弱った貴族とは違う。

木々の生い茂った庭では、蟬《せみ》が鳴きはじめている。歌人たちはこの声すら風流であるかのように夏の歌を詠むらしいが、虫嫌いの道満にとっては耳障りな音でしかない。

申し訳程度に薄い夏衲衣七条袈裟を羽織って縹帽子を被ると、道満は差しこんでくる陽《ひ》に目を細めながら乱暴に御簾を下げた。

右京は左京よりも寂れた印象だが、それは市に関しても同じだ。午《うま》の刻《こく》に開いた大門をくぐると、まばらに行商人の姿が見える。鴗を伴った道満は、適当な商人に手当たり次第声をかけた。

「すまぬが、この女を見たことがないか」

巨漢の僧に突然そう言われただけでも商人は驚くが、さらに目の前に突きつけられた紙に戦々恐々とする。そこに描かれていたのは、まるで目に見えたものをそのまま写し取ったかのような女の姿絵だったからだ。市女笠をかぶった美しい女が、本当に立ち現れたかのように目を白黒させる商人に、道満は飄々《ひょうひょう》と畳みかける。

「これは我が式神による、鏡写《かがみうつし》の妖術でしてな」

そう言うと、人々はなんとも言い難い表情を浮かべ、己の知る情報を洗いざらい吐き出してくれるのだ。中には逃げ出す者もいるが、害はないので放っておけばよい。

鴗は絵を描く際、墨ではなく炭の粉を用いる。そちらのほうが濃淡をつけやすいのだというが、そのあたりの感覚は道満にはさっぱり分からない。

もとより、鵺が今まで見聞きしたものすべてを余すことなく記憶し、鏡写のように紙にその光景を描き、一度聞いただけの雅楽を奏でられるという事実自体がさっぱり分からないことなので今さらだ。

鵺が描いた姿絵に恐れを抱《いだ》く者は多いものの、肝心の情報が集まらない。沓《くつ》の底を鳴らしながら往来を行き来していると、ようやく市女の顔に反応を見せた商人がいた。

「悪いことは言いません、法師殿。この市女には関わらんほうがよいでしょう」

そう顔をしかめたのは、塩売りの老人だった。官人に疎まれている法師陰陽師だが、民衆からは信用を集めやすい。見たこともない妖術を使うことから、高位の法師陰陽師と思われたのだろう。

「ほう、それはどういうことだ。ごく普通の市女に見えたが」

「彼女は身分が低いながらも、その美しさが公達《きんだち》にまで広まるほどの噂になりましてな。彼女が住む羅城門近くの荒屋には、彼女を妻に迎えようとする数多《あまた》の貴族の牛車が停《と》められていたという話でございます。しかし市女が夫として選んだのは、同じく卑しい身分である幼馴染《おさななじみ》の男でございました」

「結構なことではないか。夫婦でつましく暮らせるのならそれでよいであろう」

「ですがその夫、市で盗みを働き、検非違使によって裁かれることになったのです」

そこで、老商人は声をひそめた。

「夫は裁きの結果、一度は放免として検非違使に所属したようです。ですが、最近になってその姿を見なくなりましてな。再度罪を犯し、今度こそ刑に処されてしまったという噂です。いずれにしても、彼女は罪人の妻……法師殿がなぜお探しかは分かりませんが、関わってもよいことはないでしょう」

放免は元々が罪人ということから傍若無人にふるまうことも多く、信用を得られない立場なのだ。老商人はぶるりと身震いすると、そそくさとその場を去っていく。

「なるほど。あの市女が先般、東の市で行われた罪人の刑罰に駆け寄ったのは、夫ではないかと思ったからかもしれんな。あるいは、罰を加える側の放免が夫だったのかもしれん。いずれにしても、刑を見ておくべきだったか」

鞭打ち刑に立ち会っていれば、鵺にその場面を覚えさせておくことができた。鵺が、道満を見上げる。

「道満様。放免は、検非違使庁の下級刑吏です。つまり、右衛門尉様の部下ということでございます。行方不明である市女の夫君と無関係とは思えませんが」

「叩けば埃《ほこり》が出てきそうだな。先ほどの老商人、市女は羅城門近くに住んでいると言っていた。そのような不穏な噂があるのなら、近隣の者に聞けば棲家《すみか》は割れるだろう」

「直接出向くのですか？」

「無論だ、歩かねば情報は集まらぬぞ」

西の市から洛中洛外の境界である羅城門までは、そう遠くない。鴇は小さな歩幅で、慣れたように道満の後を付いてくる。

洛外に近くなるにつれ、都の中とはいえ荒屋の類いが増えてくる。一軒だけ広大な邸があり、その敷地の周囲を取りまくように小さな棲家が点々と建っている様子だ。この辺りの住人は教養がない分、貴族や商人よりもさらに与《くみ》しやすい。衲衣七条袈裟姿というだけで高僧と思いこみ、知っていることを吐き出してくれる。

放免の夫がいる市女の家を教えろと聞くだけで、鴇の描いた姿絵を見せずとも、市女の棲家は容易に知れた。一人の農民は、身震いしながら答える。

「その女、おそらくは鬼に憑かれておりますぞ。法師殿、ぜひ祓《はら》いをしてやってください」

「ほう、それはまたどうしてですかな？」

まったく、この御世《みよ》にはどれだけ鬼に憑かれた者が跋扈しているのだ。胸中であきれていると、農民は口にするのも恐ろしいといった調子で告げる。

「なんでも夜な夜な、洛外の死体をあさり歩いているという噂がありましてな。まあ、罪人の夫を持つような女です。悪鬼と化してもおかしくはありますまい」

その言葉に、道満は鴇と顔を見合わせた。

「お前が聞いていた『洛外で毎夜、すすり泣きながら死体をあさり歩く女の鬼が出る』

という噂は、あの市女のことであったか」

「しかし、なぜそんなことをしているのでしょう。夫がいなくなって生活が苦しくなり、死体あさりをしているのでしょうか」

「いや、行商の仕事をしているのだから、自分一人分の生活の糧ぐらいはあるはずだ。わざわざ女の身で、死体をあさるなど悪趣味なことはすまい。いずれにしても、話を聞くに越したことはないな」

農民からの情報を頼りに畦道《あぜみち》を進んでいく。ほどなくして、伸びきった夏草に埋もれるようにして建つ、傾きかけた荒屋に行きついた。

しばし遠くから家を眺めやっていると、中から洗い桶《おけ》を抱えた女が顔を出した。顔を隠すように粗末な頭巾をかぶっているが、あの市女であることは容易に知れた。

たまたま通りかかったという態《てい》で、道満たちは畦道を歩く。さすがに市女も、こんな場所には不釣り合いな二人組の姿に気づいたようだ。

「これはこれは、妙な邪気を感じて来てみれば、あの時の魚売りでは」

顔を隠した巨漢の僧は、独り身の女性にとってはそれだけで脅威だろう。だが、小さな鴇の存在がその威圧感を緩和してくれる。市女もさすがに数日前のことは覚えていたようだ。あの時は礼も言わずに申し訳ないと頭を下げる。道満はある程度の距離を置いたところで立ち止まった。

「今しがた、そこの寺にて悪鬼祓いの依頼を受けた帰りなのです。その道中、この辺りから男の嘆き声が聞こえましてな。なにごとかと思って来たのですが……」

そう言って道満は、思わせぶりに天を振り仰いだ。

「ふむ、もしや近親者……たとえば夫君の身になにか起きておりますか？」

その言葉に、頭巾の下からわずかに見えていた市女の顔色が変わった。卜占かなにかで看破されたと思ったのだろう。抱えていた洗い桶を取り落とすと、その場にうずくまってわっと泣き出してしまう。

「ああ……法師様。どうか卜占で、夫を捜していただくことはできませんでしょうか。私にはろくなお礼もできません。ですが、このままでは……」

そう訴える市女に向かって、ようやく道満は歩を進めた。お話を聞きましょうと労《いた》わるような口調で言うと、市女は頭巾で目頭を押さえながら二人を荒屋の中に通す。

外観から受ける印象の通り、荒屋は辛うじて風雨をしのぐためだけの建物に過ぎなかった。調度品どころか、生活に必要な最低限の物品すら足りているとは思えない。

貴族たちが恋愛遊戯や歌合せや着飾ることにかまけている一方で、庶民の暮らしなどこんなものである。市女の服装も、何度も継ぎの当てられた粗末なものだ。粗い石細工の飾りを首から下げているのが、せめてもの装飾品といったところか。

どこか懐かしい光景から目を逸《そ》らすように、道満は鴇と共に、板すら敷かれていない土床に座った。市女は蚊の鳴くような声をあげる。

「……法師様には、夫の声が聞こえているのでしょうか。ということは、夫はもうこの世のものではなくなっているのでしょうか……」

「それはまだ分かりません。なにが起きているか、詳しくお聞かせ願えませんか？」

道満が極力穏やかな声でそう促すと、市女はしばしの沈黙ののちに語りはじめた。

「お恥ずかしい話ですが、私の夫はかつて市で盗みを働き、検非違使に捕らわれた身なのです。ですが、それは私が子を孕んだ時に体を悪くしてしまい、満足な食べ物もなく、医師《くすし》に診せることもできず、やむなく薬を盗んだだけなのです」

なるほどと、道満は頷いた。だが、多くの庶民が同じような境遇で、この夫婦が特別に苦しい境遇というわけではない。盗みは盗みで、同情の余地はない。視線だけで狭い室内を見るが、赤子の気配はないため、子供は死産だったか、あるいは流れたか。市女の命があっただけでも、儲けものといったところだろう。

「ですが、真面目《まじめ》な農民でした夫は、放免になることを許されました。放免は元々罪人という立場……周囲からは良く思われず、悪い噂も立てられました。しかし私は戻ってきた夫を家に迎え入れ、もう一度共に暮らせることを嬉《うれ》しく思ったのです」

放免は口髭と顎鬚《あごひげ》を生やし、さらに綾羅錦繡の派手な衣を纏わされる。一見して元罪人であると周囲に知れる恰好を強要されるという意味では、放免もさらし者なのである。

「ところがある日を境に、夫は忽然《こつぜん》と姿を消してしまったのです。私が遠方まで行商に行っておりましたので、帰りが遅くなってしまった日なのですが……ちょうどその晩、近くにお住まいである田堵《たと》様の邸で盗難騒ぎが起き、その折に血まみれの綾羅錦繍の衣を着た男が逃げる姿を見たという噂が……」

そこでたまりかねたのか、市女は再び嗚咽《おえつ》を漏らしはじめた。道満は身じろぎ一つしないまま、市女が落ち着くのを待っているという態で熟考する。

「私は信じています。夫は無意味に盗みをはたらく人ではありません。ましてや殺しなど……ですが、家にありました鍬《くわ》が一本なくなっておりましたので、万が一ということもあります。もしや再度捕縛され、知らぬ間に処罰されているのではないかと……」

東の市で行われた公開刑の現場に慌てて駆け寄っていったのは、そのためか。そこまで考えて、道満は女に問いかける。

「ちなみに、検非違使庁には尋ねられましたかな？　そのような罪人が捕縛されたか、あるいは夫君と特徴の似た死体が発見されていないか」

「いえ……私のような下賤の者が、検非違使庁のお手を煩わせることなど……自分の手でどうにか夫を探し出すしかありません。たとえ夫がどのような姿になっていても、私には分かるのですから」

死体あさりの噂は、彼女が洛外で夫の死体がないか探していたのを目撃されたということか。そんな市女の内心はともあれ、道満はそらとぼけた様子で首を傾げた。

「ほう。しかし、東の市でお話しされていた方……彼は検非違使大尉である、右衛門尉殿ではございませんでしたか？　彼は、放免である夫君の上司にもあたられます。なにやら話しこんでいたゆえ、お知り合いなのではないかと思ったのですが」

探るような口調に、市女は細い息をついた。ここまで話してしまえば、洗いざらい告げるべきだろうと判断したのだろう。

「実は前々より、あの方から妻になるように迫られていたのです。この荒屋まで訪ねてこられることすらありました。しかし自分は夫を待ち続けなければなりません。もちろん、夫の行方については聞きました。ですが、知らないの一点張りで……」

道満は暗い天井を振り仰いだ。章匡の陰湿な細い目が脳裏に蘇《よみがえ》る。

「なるほど、それはお辛《つら》いでしょう。おそらく私が聞いた嘆きの声も、夫君が貴女《あなた》を想《おも》う気持ちだったのかもしれませんな。先ほど、寺で行いました悪鬼祓いによって霊力を使ってしまいましたゆえ、すぐに卜占を行うことはできません。しかし、必ずや夫君の行方を捜して見せましょう」

そう慰めると、市女は顔を覆ったまま何度も頷いた。ついでとでもいうように聞く。

「ちなみに、夫君が行方知れずとなった前後に盗みに入られた邸はどこなのですか？」

「この辺り一帯の田畑を取り仕切る、田堵様の邸でございます。近隣で最も大きな邸ですので、すぐに見つかるかと」

おそらく一軒だけ建っていた、あの立派な邸だろう。田堵とは、いわば農業経営者だ。農具や牛馬、そして土地を所有し、農民を雇い集めて農産物を収め、収益を上げる。

道満は、鴇を連れて外へと出た。薄い壁を通して市女のすすり泣きが聞こえてくる。

「田堵の邸に向かうのですね」

賢い鴇は、道満の行動を先回りして把握している。道満は当然のように頷くと、田畑の向こうに見える、檜皮葺《ひわだぶき》の屋根に向かって歩き出した。

時刻は、ちょうど農民たちの仕事も終わるころである。道満はようやく涼しくなってきた風に吹かれながら呟く。

「ふむ。市女の夫は、元々は農民だと言っていたな。おそらくはあの田堵の下で働いていたゆえ、近くの荒屋に住んでいたのだろう」

市女の棲家から田堵の邸までは、それほど遠くない。むしろ、邸の一部に住まわせてもらっているという印象だ。田畑の規模も含め、かなりの財を持つ田堵のようだ。

警固の者はあからさまに怪しい道満たちに気づいて腰の太刀に手をかけるが、道満はいつも通りに飄々とした調子で口を開く。

「私は、内裏近くより参りました陰陽師にございます。先般こちらの邸が盗みに入られた件で、少々気になることがございましてな。主殿《あるじ》への御目通《おめどお》りを願えませんか」

嘘《うそ》は言っていない。住んでいる河原院は内裏の近くだし、法師陰陽師も立派な陰陽師だ。家人は顔を見合わせるが、もしかしたら主が官人陰陽師を呼びつけたかもしれないと思ったのだろう。「しばし待たれよ」と言い残し、邸の中へと入っていく。

それほど待つこともなく、道満たちは総門を通された。中門の前で家人に止められた二人に、水干を着た男が歩み寄ってくる。

どうやら彼が、この邸の主である田堵のようだ。男は怪訝《けげん》そうな顔を隠しもせず、道満に値踏みするような視線を向ける。

「陰陽師殿を呼んだ記憶などないが……しかもお主、法師陰陽師であるな。我が邸に何用だ。暦ならば読んでもらったばかりだ、祓いも間に合っておるぞ」

都の中でそれなりの財を持つ者は、己の暦を定期的に陰陽師に読ませ、物忌みや方違《かたたが》えを把握している。位が高くなればなるほど穢《けが》れや祟《たた》りを恐れ、陰陽師に対して全面的な信頼を置く。蛇が出ただの、虹を見ただのというだけで、なにかの前触れではないかといちいち陰陽師の元へと駆けこむ連中だ。陰陽師の訪問と聞くだけで覚えがなくとも顔を出すことは分かっていた。道満は恭しく頭を下げる。

「これは失礼いたしました。実は先日、こちらの邸で盗みが起きたとお聞きしましてな。昨今では、盗みを働く悪鬼の噂も耳にします。もしそうであれば一大事と、貴殿の下で働いております方々から相談を受けたのでございます。よほど慕われていらっしゃるのでしょうな」

勝手に農民たちから頼まれたことにするが、そう言われれば悪い気はしないだろう。そもそも法師陰陽師に依頼するのは主に庶民なので、筋も通っている。

「ところで、貴殿の邸からはなにが盗まれたのですかな？」

「唐櫃に入れておいた衣類だ。ずいぶんと古くなったものでな。後で家人に始末させようと、塗籠《ぬりごめ》から出しておいたのだよ。おかげで大きな被害にはならなかったのが、せめてもの救いといったところか」

「ほう。貴殿のようにご立派な田堵となると、よほどの財をお持ちでしょう。それらを尻目に古着だけを持ち去るとは、愚かな盗人で幸いにございましたね」

道満の慇懃な言葉に、田堵は気を良くしたらしい。若干相好を崩すが、道満の後ろでちょろちょろしている鶍が邸を覗《のぞ》きこもうとしているのを見咎《みとが》める。

「おい、そこの童女《わらわめ》。勝手に人の邸に足を踏み入れるとは無礼であるぞ！」

刹那、道満は田堵の口元に指先を突きつけた。

「お待ちくだされ！　もしや貴殿……私の式神が見えると？」

「……し、式神？」

田堵は簀子縁をうろうろしている鶍に視線を移す。道満はその顔をぐわとつかんで無理矢理引き戻すと、切羽詰まった表情で続けた。その一方で、田堵の死角から片手で鶏に向かって「行け」と合図を送る。

「……見鬼の才のないお方が式神に関わると、半身を霊界に踏み入れることになり、鬼に狙《ねら》われる恐れがございます。私の式神は決して悪さをしませんゆえ、見えぬふりをしていただきたい。あれが見えるということは、もしやすでに……いや、しかし念のため、後ほど祓いをしておきましょう」

鬼は盗人などよりも恐るべき存在だ。脅しの効果はてきめんである。先ほどまでの不遜な口調を一変させ、田堵は半ば地面に這《は》いつくばるようにして道満に頭を下げる。

「お、鬼ですと……しかし私にそのような覚えなど……もしやあの時……いや、それともあのことか……？」

「なに、ご安心ください。私の式神は人に対して友好的な類いの精霊でしてな。つい人の前に姿を現してしまうのですよ」

農民を雇って御上《おかみ》に作物を献上する立場ともなれば、色々と後ろ暗いこともしているだろうし、良い薬だ。堂々と邸内に入りこむ鶏を横目に、道満は田堵の頭を上げさせる。

「ちなみに盗みに入られた際、殺された者や怪我《けが》をした者はおられましたかな？」

「異変に気づいたのは家人でしたが、盗人は明かりを向けた途端に逃げ去りましてな。その者には傷一つございませんでしたよ」

「ほう。目撃された盗人は血塗《ちまみ》れだったという噂があるようでしたが……まあ、夜半のことです。見間違いだったのですかな？」

「いいえ。実は開けられた唐櫃の蓋に、血と泥がべったりと付いていたのですよ。もしやうちに盗みに入る前、どこかで人を殺《あや》めてきたのやもしれず……その者に取り憑いた鬼が、よもやこの邸に棲みついているのでは……」

「血だけではなく、泥もですか」

「そうでございます。邸の家人は、逃げ去る盗人が放免の証《あかし》である綾羅錦繡の衣を纏っていたと言っております。あのような派手な衣、夜目だとしても見間違うはずがございません。犯人は間違いなく放免でしょう。実はこの近隣には、放免と市女が住む家がございましてな……その者の仕業だと、もっぱらの噂ですよ」

「それでは、検非違使庁には使いを？」

「もちろん走らせましたが、まったく音沙汰がありません。ある意味身から出た錆《さび》ですし、農民風情には構っていられないというのでしょう。彼らは自分たちが食べている穀物が、どのように作られているかも知らんのです。ある貴族が牛車から田植えの様子を見て『あれはなにをしているところだ』と聞いたという話もありましてな……」

吐き捨てるように愚痴りはじめる田堵を制し、道満は最後の質問をした。

「ちなみにその盗みが起きる前後に、近くで牛車を見かけませんでしたか？」

「そういえば、やはり家人がそんなことを言っておりました。まあ、大方物好きな貴族が、女の所にでも通っているのでしょうが」

即答する田堵に、道満は縹帽子の下で口の端を持ち上げた。

「なるほど。それでは念のため、鬼祓いの霊符を書かせていただきましょう」

道満は懐から硯《すずり》と白柳の木板を取り出すと、大仰な仕草で霊符を書いた。本来霊符を書くには吉日を選び、数日前から潔斎し、祭礼と瞑想《めいそう》を行うという面倒臭いしきたりがあるのだが、田堵が安心するならばこれでいいのだ。

適当極まりない作法でしたためられた厭除禍害之鬼符の霊符を、田堵は有難そうに受け取った。鴇が戻ってきたのを見てぎょっとした後、慌てて家人を呼びつける。

「おい、陰陽師殿になにか包んで差し上げろ」

道満は銅銭と酒の入った土器《かわらけ》を受け取ると、ぼろが出ないうちにと踵《きびす》を返した。その後を従順についてくる鴇に問いかける。

「で、どうであった？」

「この時間ですら家人が少ないので、夜半の警固はさらに薄いでしょう。それほど広い邸でもありませんので、財が納められている場所にたどり着くのは難しいことではございません。盗人の目的は、明らかに財ではなかったと思われます」

そう報告する鴇に、道満は口元を覆う布を引き下げた。土器から酒をあおりながら、陽の落ちかけた都の空に視線を投じる。

「概《おおむ》ね手筈《てはず》は整った。では、鬼祓いと参ろうか」


吉日が判明したと右衛門尉章匡の元へ文を送ると、すぐに使いの者から礼の文が戻ってきた。よほど後ろ暗いことがあるのだろうと内心でほくそ笑み、道満は指定した日時に章匡の元へと向かった。

落ち着かない様子で脇息《きょうそく》にもたれかかった章匡は、神経質そうな細い目を鷂に向けるなり、化物でも目《ま》の当たりにしたように顔を逸らした。傍らには使いこまれた太刀が、いつでも手が伸ばせるように置かれている。

章匡は人払いをすると、ようやく姿勢を正して道満に向き直った。なにから話すかを考えている様子であったので、道満のほうから口火を切る。

「あれから色々と占ってみたのですが……貴殿に鬼が見えるのは、土公神《どくじん》の祟りやもしれませぬな」

「……土公神だと？」

「はい。土公神は犯土を嫌う土地の精霊で、三尺以上地面を掘ると祟りを起こすと言われております。たとえばこの邸の土を掘ったなど、お心当たりは？」

すると章臣は道満の言葉に、明らかに狼狽《ろうばい》した。

「そんなはずはない！　私は、自分の邸の土地は掘り返していないのだぞ？」

「自分の邸の土地は？　ということは、ほかの土地を侵犯したご記憶はあると？」

道満が落ち着いた口調でそう畳みかけると、章臣はしどろもどろに答える。

「いや……じつは数週間前、邸の前で死んでいた野犬を埋めておけと、家人に命じたのだ。だが、その者が面倒がって、邸の土地に埋めてしまったのやもしれぬ」

「ほう、ではその家人をお呼び立て下され。掘り起こした場所に向かって土公祭を執り行い、疾く祟りを鎮めねばなりません」

「な、なるほど……しばし待たれよ」

脇息に手をかけて立ち上がろうとする章臣だったが、道満はそれを手で押しとめた。

「おや、右衛門尉殿がわざわざ家人などの元に向かう必要はございますまい。ここにその家人を呼べばよいではありませんか、私が直接犯土を侵した場所を聞き、土公祭を執り行って参りましょう。貴殿のお手を煩わせることはございませんゆえ」

章臣は中途半端な体勢のまま目を白黒させると、わざとらしく手を打った。

「おおそうだ、羅城門の近くに埋めたと聞いていたのだった」

「それはそれは、間違いなく土公神の祟りでしょうな。かの神は季節で遊行《ゆぎょう》し、この時期は門の近くにおわすことが多いのです。では、その家人に案内していただきましょう。

さあ、疾く家人をお呼び立て下さい」

道満の指示は淀《よど》みがない。間髪《かんはつ》入《い》れず飛んでくる言葉に、章匡はなにかを観念したように再度円座《わろうだ》に座りこんだ。

「……件《くだん》の家人は、郷里の母が亡くなったとのことで暇を出してある。野犬を埋めた場所は羅城門から五歩《ぶ》ほど西南にある松の木の下だと聞いている」

「そこまで事細かに主に報告するとは、実に優秀な家人にございますな」

立ち上がる道満を、章匡は慌てて呼び止める。

「ま、待ってくれ。その土公祭は、どのような手順で行うのだ。よもや、再度土を掘り返したりはすまいな」

道満は、ゆるりと振り向いた。こちらの視線は縹帽子に隠され、章匡からは窺うことができないはずだ。しかし章匡は獣に睨《ね》めつけられた小動物のように後ずさった。

「その土地に簡素な祭壇を配し、祈禱するだけでございますよ」

あくまでも穏やかな口調で言うと、道満は鵺を伴って章匡の邸を後にした。まだなにか言いたげな章匡の気配を感じたが、無視して都を南下する。

向かうは羅城門……洛中洛外を隔てる、魑魅魍魎《ちみもうりょう》の跋扈《ばっこ》する境界であった。

羅城門近くの田畑で、道満はぽつんと建っていた農具小屋に堂々と入っていった。立てかけられていた鍬を検分し、一番まともそうなものを二本拝借する。

「大した農具が揃《そろ》っていないな、どの鍬もすべて刃が潰れている。あの田堵め、ろくな仕事をしていないとみられる」

農具を揃えて農民に貸し与えるのも、田堵の役目だ。そういうところで節約し、己は財を溜《た》めこんでいるのだろう。また理由をつけて強請ってやろうかと思ったが、単なる田堵の利用価値は薄いのでやめておくことにする。

二本の鍬を担いで、羅城門へと向かう。洛外にほど近い門の周囲には、まったくひと気がない。夜半になれば鬼が出ると囁《ささや》かれるのも頷ける。

「門から五歩ほどの松の木というと……あれか」

章臣の言った目印を探すと、その言葉通りに松の木があった。さらに、なにかを掘り返したような跡もある。

「とんだ重労働だ、陰陽師は頭のみを使う職業だぞ……鴇、お前も手伝え」

げんなりとしながら一本の鍬を鴇に渡すと、彼女も素直に地面を掘り返しはじめた。とはいえ女童《めのわらわ》の力では、焼け石に水だ。道満は縹帽子と袈裟を脱ぎ捨てたい衝動に駆られながらも、鍬を地面に突き立てた。想像通りであれば、そこまで深く掘らなくてもいいはずだ。

案の定それほどの時間もかからず、道満の立てた鍬の先が地面以外のなにかにぶつかった。ぼろきれのようなものが覗き、異臭が鼻をつく。

さしもの道満も顔をしかめながら、鍬の先で細かく土を払っていく。隣の鴇は顔色一つ変えず、作業を黙々と手伝う。

半分ほどその正体が露わになったところで道満は手を止め、忌々しく吐き捨てた。

「ふん……実に大きな犬であることよ」

それは、人の骸《むくろ》であった。

初夏ということもあり、もはや人としての原型は留《とど》めていない。かといって完全に骨だけになっているわけでもない。ぐずぐずと崩れたその物体は、人と人ならざる者の境界に迷いこみ、どちらにもたどり着けずに彷徨《さまよ》っているようにも見えた。まるで洛中と洛外の境界である、後方の羅城門のように。

「やはり、市女の夫を殺めたのは右衛門尉様だったのですね」

目の前の惨状に、しかし鴇は眉一つ動かさない。そして鴇は永遠に、この哀れな死体を記憶し続ける。それはこの男にとって、せめてもの安らぎになるのだろうか。くだらないことを考えながら、道満は頷いた。

「おそらく右衛門尉は、部下になった放免の妻である市女となんらかの形で顔を合わせ、その美しさに目を留めたのだろう。放免ごときの妻にするには勿体《もったい》ないと市女に迫ったが、彼女は頑として首を縦に振らなかったと見られる」

男の腐り落ちた口蓋と眼窩《がんか》に詰まった汚泥が虚《うつ》ろな闇のように見え、道満は縹帽子の口元を持ち上げた。

「たまりかねた右衛門尉は、ある晩市女の家に夜這いをかけようとした。奴の牛車は、田堵の家人が目撃しているので間違いあるまい。だがその晩、市女は遠方への行商で帰りが遅くなっていたという。それを放免である夫に見つかり、咎められたことでもみ合いになったのだろう」

検非違使である章匡は、常に太刀を佩いていたはずだ。市を訪れる際にすら持っていたのだ。夜這いの最中だとしても、例外ではあるまい。故意か偶然かは分からないが、その時に章匡は放免を殺めてしまったのだ。

「そして市女の家から鍬を一本拝借し……この羅城門の下に男の死体を埋めたのだ。あそこから羅城門までは、そう遠くない。わざわざ離れたところに埋めたのは、あちらは一帯が田畑ゆえ、農民によって掘り返される恐れがあったからだろう。埋めている最中に、市女が帰ってくる可能性もある」

その判断力をほかに活《い》かせなかったものかと呆《あき》れつつ、道満は続けた。

「さて、無事に死体を埋めた右衛門尉だったが、牛車と従者は外に待たせたままだ。だが、返り血と泥が付いた衣服を家人に見られるわけにはいかない。奴は放免から剝いでいた綾羅錦繍を狩衣の上に羽織り、替えの衣服を調達するため近隣で一番大きな田堵の邸に侵入した。その際にわざと綾羅錦繍の後ろ姿を晒し、放免に盗みの罪をなすりつけようとしたのだ」

常人ならば尻ごみするような状況だが、武人としての側面も持つ検非違使大尉ならば肝も据わっており、それなりの体力もあるだろう。

「そして、右衛門尉は盗んだ衣服を着て牛車に戻る。かなり時間はたっていただろうが、夜這いをしていたと思いこんでいた家人たちは気にも留めなかっただろう。綾羅錦繍の衣は後で川にでも流したか、焼いたかは分からない。そして、なに食わぬ顔で夫を失った市女に再度迫った……というわけだ」

滔々《とうとう》と語る道満に、鴇は納得しかねる表情で大きな目をしばたたかせた。

「しかし道満様。なぜ右衛門尉様は、わざわざ苦労して死体をここに埋めたのでしょうか？　洛外に捨て置けば、知らぬ死体が転がっていても誰も気に留めないと思うのですが」

疫病が蔓延《まんえん》するこの御世、路傍に転がる死体など珍しいものではない。すると道満は、男の死体に初めて憐《あわ》れむような視線を向けた。

「右衛門尉は予期していたのだ。あの市女は、夫が行方不明になれば血眼《ちまなこ》になって探すと。それこそ、洛外に転がる死体を一つ一つあさってもだ」

「だから、死体を隠したのですね。しかし夫の死体が見つかっても、誰が殺めたかまでは分からないはずです。農民同士の諍《いさか》いであるとか、いくらでも言い訳はできるのでは？　特に右衛門尉様は、罪人を取り締まる検非違使なのですから」

「検非違使だからこそ、だ。ここを見てみるがいい」

そう言って、道満は泥にまみれた男の胸元を示した。はみ出した肋骨《あばらぼね》から蛆《うじ》がぼろぼろと落ち、綾羅錦繡の下に着ていたらしき衣の繊維が見える。

「衣服が見事な直線に切られているだろう。こんな傷跡は、よほど切れ味の鋭い太刀でしかつけられん。農民同士の諍いであれば素手による殴打か……たとえ凶器を用いたとしても、せいぜい刃の潰れた鍬ぐらいだ。そうであれば傷跡は打撲になるだろうし、衣服も破れまい。そして、このように鋭利な太刀を持つ者など……」

「検非違使庁の役人のような人物しかいない、ということですか」

「そうだ。お前の言う通り、右衛門尉は検非違使だ。周囲に対してはうまくごまかせるだろうし、そもそも一人の農民がその辺で死んでいたところで、検非違使庁が動くとは思えない。己がこの男を殺めた事実をもみ消すこと自体は、造作もないことだ」

道満は、鍬を足元に突き立てた。胸糞《むなくそ》の悪い話だが、それがこの世の理《ことわり》だ。

「だが、奴の最終的な目的は、あの市女を妻に迎えることだった。どう見ても太刀で斬り伏せられた夫の死体を市女が見つけてしまったら、真っ先に夫殺しの疑いを右衛門尉にかけるだろう。それでは到底、市女を手に入れることなどできない。だからこそ、奴はこの死体をどうにかして隠さねばならなかったのだよ」

そうすればいずれ、愛する者を失った市女が自分の元へ来てくれるという、淡い期待を抱いていたのかもしれない。だが、市女の意思は固かった。おそらく彼女は夫の死体が見つかるまで、洛外の死体をあさり歩いたことだろう。

「ここまで崩れては、本当にこの男が市女の夫であるかどうかも分からぬが……おや」

道満は、死体の首元になにかが引っかかっているのを見つけた。寄り合わせた紐《ひも》のようだ。引っ張ってみると、どこかで見たような粗い石細工の飾りがついている。

「……哀れな者だ」

それは、市女の首にかかっていたものと同じ意匠の石細工だった。

素人が手慰みに作ったようなものだ。しかし道満はその首飾りを懐に入れると、初めて死体に向かって手を合わせた。

その所作は袈裟姿と相まって、本物の高僧のように見えた。しかしそれも一瞬のことで、すぐに皮肉げな口調で吐き捨てる。

「人の心は、かくも厄介なものであることよ」

「道満様、人の心とは……」

「何度も言わせるな、お前には関係のないことだ」

鴉の問いかけを一蹴し、道満は死体の上に再び土を被せていく。鴉もそれ以上はなにも言うことなく、小さな手で鍬を握り、埋葬を手伝いはじめた。

やがて男の死体が完全に埋められると、道満は土を簡単にならし、なにごともなかったように顔を上げた。

「さあ行くぞ、鴉。鬼祓い、最後の仕上げが残っている」

そうして大小二つの影は、墓標のように伸びた松の木に背を向け、黙したまま都の中心に向かって歩きはじめた。


翌日、右衛門尉章匡邸を訪れた道満は、鴉を門扉の前で待たせて寝殿へと向かった。几帳の奥では昨日と同じく、落ち着かない様子の章匡が檜扇《ひおうぎ》で膝を叩いている。

「さて。ここにいる、我が式神は見えますかな？」

用意された円座に座るなり、道満は己の隣を示す。すると章匡は細い目をそちらに向け、念のためとでもいうようにさらに周囲を見回した後、首を振る。

「い、いや……なにもおらぬようだが」

「それは良かった。無事、土公神の祟りは祓われたようです」

その言葉に、章匡はがくりと脇息にもたれかかった。大きな息を吐き出した後、忘れかけていた威厳を無理矢理誇示するように背筋を伸ばす。

「う、うむ。それはなによりだ。今後は家人にも、よくいい聞かせておこう」

「それがよろしいでしょう。今時分、いついかなるところに恐ろしき怪異が潜んでいるか分かりませんゆえ」

道満は深々と頭を垂れ、顔を落としたまま口を開く。

「それにしても、実に大きな犬でございましたな。ええ……派手な綾羅錦繡の衣をまとった」

瞬間、周囲の空気が凍り付いた。道満は白木の板床を見つめたまま、喉の奥で笑う。

「ご安心くだされ。貴殿ほどのお立場の方がやむを得ずした行いなのですから、よほどの事情があったのでしょう。無論のこと、他言はいたしません。もっとも御上に告げたところで、このような下賤の法師陰陽師の言葉など誰も信用しますまい」

ゆっくりと顔を上げる。激昂《げっこう》するか、あるいは青ざめて声も出ないかと思われた章匡だったが、予想に反してその顔に浮かんでいたのは諦観の色であった。

「……なにが望みだ」

やはりこの男、判断力自体は高いようだ。この一瞬ですべてを理解し、そして最も穏便な解決方法を提示してくる。話が早いとばかりに道満は告げる。

「なに、簡単なことです。もしも貴殿の周囲で陰陽寮には言えぬような悩みをお抱えであるやんごとなき方がいらっしゃいましたら、この芦屋道満を推挙いただきたい。そして……あなたのお立場であれば、お分かりですね？」

「よもや、呪詛《じゅそ》を黙認せよと？」

陰陽師が人を呪う、いわゆる呪詛を行うことは犯罪とされ、発覚した場合は行った側も依頼した側も検非違使によって厳しく処罰される。

もちろん政の中心にいる官人陰陽師が呪詛を行うことは、決してない。危険を冒してでも陰陽師に呪詛を頼む場合は、法師陰陽師にお鉢が回ってくる。そしてその分、呪詛の報酬は格段に高い。だが、道満は首を振った。

「そこまで大それたことは申しますまい。単に、私は内裏に興味がございましてね」

「官人陰陽師の立場を得たいとでも申すのか？」

道満は、なにも答えない。その沈黙を肯定と受け取ったか、章国は指先で脇息を苛立《いらだ》たしげに叩いた。

「お前がどれほどの霊力を持っていたとしても、官位もないような者が内裏に上がれると思うか？　そもそも、安倍晴明殿ほどの大陰陽師となればともかく、陰陽寮に属する官人陰陽師たちの俸禄《ほうろく》は決して高くないぞ。貴様ほどの小賢《こざか》しさがあれば、法師陰陽師のままのほうが小銭を稼げると見えるが？」

「私が得たいのは、多額の俸禄でも、官人陰陽師の立場でもありません」

そう答える道満に章匡が向けたのは、明らかな恐れの色だった。人は、己の理解が及ばないものに対して本能的な恐怖を抱くのだ。怪異であれ、鬼であれ、人間であれ。

「では、なぜだ。お前はなぜ、内裏を目指す」

「そこまでご興味があるなら、お教えしましょう。私はもうずっと長いこと、ある怪異を探し続けているのです」

「ほう……ある怪異とは？」

「私が探しているのは──白き蝶紋《ちょうもん》の鬼にございます」

どこか笑みを含んだ言葉を吐き出す道満を、章匡はこの世ならざるものと相対しているかのように見つめる。

「白き蝶紋の鬼……？　まさか、その鬼が内裏に巣食うているとでも言うのか？」

「いるかもしれませんし、いないかもしれません」

道満がはぐらかすと、章匡はそれ以上の追及をあきらめたようだった。そろそろ頃合いと判断した道満は、ゆっくりと立ち上がる。

「それでは、今後ともよろしくお願いいたしますよ、右衛門尉殿」

狐《きつね》につままれたような表情でこちらを振り仰ぐ章匡を見下ろしながら、道満はふと思い出したような口調で告げた。

「……ああ、そう言えばあの市女には綾羅錦繡の衣を纏った犬の鬼が憑いているので、今後は近づかないほうが身のためですぞ」

　章匡の顔がさっと気色《けしき》ばんだ。かといって声を荒らげる気力もないのか、苦々しく吐き捨てる。

「食えぬ男よ……まさか、お前自身が鬼なのではあるまいな」

「鬼ですと？　御冗談を」

　道満は喉の奥で笑いながら、緩慢な所作で振り返る。

　縹帽子の隙間からわずかに見える鋭い両目が、獲物を捕らえた獣のように光った。

「私は、芦屋道満――怪異を信じぬ陰陽師でございます」

　畦道の上空を、雨燕《あめつばめ》が旋回している。

　洛外に近い田畑には、ぽつりと二つの色があった。檜皮色の袍服《ほうふく》を纏った巨漢と、萌《もえ》葱色《ぎいろ》の狩衣を着た童女だ。高僧とその連れと思ったか、農民が鍬をふるう腕を止めて有難そうに手を合わせる。

　特に急ぐでもない様子で歩を進めていた二人は、一軒の荒屋の前で足を止めた。粗末な板扉を叩くと、中から頭巾をかぶった女が顔を出す。

「これは法師様……このような所に何度も足をお運びいただき、ありがとうございます」

　女は以前顔を合わせた時よりも、ずいぶんとやつれているように見えた。元来の美しさは見る影もない。道満は懐を探ると、泥に汚れた石細工を差し出す。

「あの後、卜占で夫君の行方を占いましたら、鴨川の縁で見つけましてな。先日の豪雨の折に、足を滑らせて流されたのかもしれません。祓いはしておきました、安らかに眠っていることでしょう」

骨ばった手で石細工を受け取った市女は、信じられないといった様子でそれを見つめ、次の瞬間にわっと泣き出した。踵を返す道満を、女は消え入りそうな声で呼び止める。

「ああ、法師様……なんと言ったらいいか……なにかお礼を……」

「それは必要ありません。大きな階を上がれましたよ」

そうとだけ言い残し、道満は今度こそ振り返らずに荒屋を後にした。隣で鴒が首を傾げる。

「しかしあの境遇で、市女が一人で生きていけるものでしょうか。やはり、右衛門尉様の妻に迎えられたほうがよいのではありませんか？」

「お前には、あの女の心が分からなくてもよいのだよ」

道満は鴒の疑問をそう一蹴し、幼さの残る丸い後ろ頭に大きな手を置いた。頸の緒の鈴が、従順な返事のように鳴る。

「さあ、早く帰って夕餉《ゆうげ》の仕度でもしてくれ。今回の一件は、思いのほか骨が折れた。そうそう、さっそく右衛門尉の使いから、報酬と称した貢物を送るという文が届いていたな。良い酒も手配してもらえるようだ。これからも利用するとしよう」

「お酒は少し控えられたほうが良いかと思います」

「まったく酔わないから水のようなものだ。目録には唐菓子もあったぞ、餅餤《べいだん》と捻頭《むぎかた》だそうだ」

その言葉に、鵺の歩幅がわずかに大きくなった。表情はあまり変わらなかったが、それなりに喜んでいるらしい。

連日の遠出で、沓を履いた足が痛い。しばらくは河原院で、酒でも飲みながら昼まで寝ているとしよう。

道満はそう決意すると狭い視界を無理に動かし、開けた夏空を見上げた。

都の中心――内裏までは、まだ遠い。

二　時操りし鬼、天眼の博徒と相対す

垂れこめた雲と、粘ついた闇が都を満たす、虚《うつ》ろな夜半であった。

まるで闇にからめとられたように重たい板扉に、道満は手をかける。

手ごたえは一瞬で、扉はあっけなく開かれる。刹那、四方を壁に囲まれた塗籠《ぬりごめ》に封じられていた空気が、まるでそれ自体が穢《けが》れを持った邪気のように重く流れ出してくる。

淀んだ空気には人間の皮脂と、糞尿《ふんにょう》の臭いが混じっている。まるで獣の棲家《すみか》のようだ。

手にした紙燭《しそく》を、塗籠の内部に差し入れる。心もとない明かりが眼前を照らす。

その瞬間、道満は息を吞《の》んだ。

そこには見事な、一本の松の木があった。

思わず混乱する。まさか、ここは塗籠の中だ。木が生えているはずがないではないか。

いや、これは本物の松ではない……目の前の松は白黒で、色がない。

そしてその枝振りは、この貴族邸に中門から入った時に見た、中島に植えられていた松と酷似している。

道満は塗籠の中にようやく足を踏み入れ、その壁に紙燭の明かりを近づけた。

「鏡写《かがみうつし》か……？」

それは、壁に描かれた松の絵であった。あまりにも精緻な描写ゆえ、視界の利かない闇の中で、まるで本物のように浮かび上がってきたのだ。

墨ではなく、どうやら火桶《ひおけ》に残った炭の粉で描かれているようだ。振り向くと、微《かす》かに開いた板扉の隙間からはちょうど中島に植えられた松の木が見える。

この塗籠に潜む何者かは炭の燃えかすだけで、板扉の隙間からわずかに見える外の光景を壁へと写し取ったのだ。

そこで道満は初めて、隅の暗がりで蠢《うごめ》く生き物に紙燭を向けた。

こちらに投げかけられたのは、やけにぎらぎらとした目だ。

獣のような目の持ち主は、伸び放題の黒髪と薄汚れた一枚の単《ひとえ》だけを纏《まと》った童女《わらわめ》だった。突然の闖入者《ちんにゅうしゃ》に声を上げることもなく、脅えるでもなく、ただ射るような視線を向けている。大きな目に道満の持つ小さな灯が反射し、七宝のように光っていた。

「……お前が、小鬼《しょうき》とやらか」

道満は、後ろ手に塗籠の板扉を閉めた。外からは、邸《やしき》の者たちが唱える念仏の声が聞こえてくる。その声を恨みがましく耳に入れながら、道満は舌を打った。

貴族から子供の鬼祓《おにばら》いを依頼された場合、そのほとんどは風病《かぜ》が原因だ。煎じ薬を与えて霊符の一枚でも書けば、大抵の依頼主は満足して報酬を与えてくれる。播磨から都に上ってきたばかりである若き法師陰陽師にとっては、最も楽な仕事だ。

今回の依頼も、その程度のものだと高をくくっていた。子供に憑《つ》いた鬼を祓ってくれ……慌てた様子で走ってきた舎人《とねり》の話を二つ返事で受け、それぐらいはすぐに済ませてしまおうとその足で貴族の邸に直接やってきた次第なのだが。

道満は松の絵から紙燭を遠ざけ、反対側の壁を照らす。そこにもまた、信じがたい光景があった。同じく炭の粉で書かれたとみられるが、絵ではない。文字……漢詩だ。まるで壁の模様であるかのように、壁は漢文でびっしりと埋め尽くされている。

今度は床に視線を向ける。無造作に転がった経典は、もちろん童女に与える類いのものではない。おそらく邸の主《あるじ》が、倉庫代わりの塗籠に置いておいたものなのだろう。

まさかこれも、この小鬼……数えで三つにもならないとみられる童女が、経典から写し取ったものなのか？

道満は、再度暗がりに潜む童女を一瞥《いちべつ》した。視線を合わせるように巨軀《きょく》を折り曲げて屈《かが》みこむが、怖がるどころか声を上げもしない。

「ふん、言葉は喋《しゃべ》れぬか」

そうしてもう一度、塗籠の壁をぐるりと見回す。確かにこれは……鬼の所業だ。

家人たちは童女の不気味な能力を恐れ、この塗籠に閉じこめたのだろうか。だが、それにしては長いこと放置されていたようだ。伸び放題の髪に痩せこけた体、隅の樋箱《ひばこ》も掃除された様子がない。

道満は熟考した後、改めて小鬼のようなその童女と相対した。それは年端もいかぬ童とは思えないほど、聡明な目であった。

不意に遠い過去、己に向けられた赤い目を思い出す。

「小さき猛禽《もうきん》の眼《まなこ》だ。醜き稚児《やや こ》よ、その力は有用だ。私と共に来い」

童女はその意味を理解しているのかいないのか、窺《うかが》い知ることのできない大男の意思を覗《のぞ》きこもうとでもいうように、その目を見開いている。

「なに、怪訝《けげん》に思われたならば、式神《しきがみ》のふりでもしておくがいい……そのようなものがこの世に存在すれば、の話だが」

紙燭を周囲に向けると、隅に古びた几帳《きちよう》があった。横木から帷《とばり》を剝ぎとって広げた後、硯箱《すずりばこ》を取り出す。短冊を広げ、朱砂《すさ》で適当な霊符を書きつけると、塗籠の外にまで響き渡るような大声で、これもまた適当な祝詞《のりと》を叫んでおく。

霊符を書き終えると、道満は獣の子供を扱うように童女の首根っこをつかんだ。広げた几帳を問答無用で巻きつける。童女は、そうまでされても声ひとつあげなかった。不気味な力と引き換えに、すべての感情を捨ててしまったかのようだ。

道満は丸めた帷に封印でも施すように霊符の紙を巻きつけると、童女を肩に担いで立ち上がった。死体でも抱えているようだと思いながら、動かない帷に声をかける。

「それでいい。この塗籠を出れば少なくとも、あの一本松以外の景色が見られるだろう。だが、役に立たないようならば捨てる。良いな」

道満が塗籠を出ると、待っていた邸の者たちが霊符の貼られた帷の存在に戦《おのの》く。童女を気にかけている様子はない。これは好都合だと思いながら、報酬代わりの酒を左手、童女を巻いた帳を右腕に、道満は悠々と邸を出た。

いつの間にか垂れこめていた雲が晴れ、夜空には満月が浮かんでいた。

鬼が跋扈《ばっこ》すると囁《ささや》かれる都の夜半。許されざる恋に身をやつし、こっそりと女の元に通う恐れ知らずの貴族の牛車《ぎっしゃ》ぐらいしか出歩かない刻《とき》だ。道満は闇を縫うような足取りで進みながら、洛外近くに数多《あまた》ある空き邸の前で立ち止まった。

朽ち果てた門をくぐり、車宿《くるまやどり》の中で帷を降ろす。中からごろりと現れた童女は自分が置かれた状況を理解しているのかいないのか、道満をじっと見上げている。

「童のころ、寺によく来る猫に餌をやったことぐらいしかないが、人間も同じようなものか。まあ、別に死んだら死んだで知ったことではない。水と食べ物でも与えておけば、勝手に生きるだろう……が、今は酒しかないか」

どこかに井戸ぐらいはあるだろうと、童女を車宿の中に残したまま外へ出ようとする。すると、座りこんでいた童女が立ち上がり、ちょこちょこと後を付いてきた。

どうやら、もう歩ける年齢ではあるようだ。童になど関わらない生き方をしてきたので、この小さな生き物の扱い方がまったく分からない。

「お前は待っていろ」

童の首根っこをつかんで車宿の中に戻すと、今度はおとなしく座ったままになっていた。こちらの言葉を理解しているようで、なんとも薄気味悪い。

運よく涸れていない井戸を見つけ、木桶に水を汲《く》んでいると、木立に鷹《たか》の影が見えた。こんな所に珍しいと思っていると、鷹は鈴の音を立てながら飛び去っていく。

「貴族に飼われていた鷹でも逃げ出したか」

貴族が鷹狩りで用いる鷹には、足に鈴がつけられる。みずから自由を得たのか、狩りの最中に迷子になって主の元へ帰れなくなったのか。

道満は夜闇へ消えていく鷹の影と、小さな鈴の音に目を細めた。

車宿に戻ると、童女はおとなしく座っていた。無言で木桶を置くと、飢えた獣のように小さな手で水をすくって飲みはじめた。ろくな食事も与えられていなかったらしい。

懐から市で買った索餅《さくべい》を取り出して目の前に放ってやると、拾い上げて匂いを嗅《か》いだ後に齧《かじ》りついた。その様子を眺めながら、道満は耳に残る鈴の音を反芻《はんすう》する。

「塗籠の小鬼よ。おまえに新しい名をやろう。そうだな……鴘《はしたか》がよい」

道満は縹《はなだ》帽子《もうす》の口元を引き下げ、貴族から貰《もら》った酒をあおりながらそう言った。夢中で索餅を頬張っていた童女は動きを止め、じっとこちらを見つめてくる。しかし道満は、先ほどのようにその視線に怯《ひる》みはしなかった。

「鵺、その猛禽のような目には似合いだ。限りなく聡明であれ、主に対しては従順であれ、逃げたければ勝手に飛んで行け。これは、そういう名だ」

そう言って、道満は顔のほとんどを覆っていた縹帽子を取り払った。

半分は精悍《せいかん》な若い男の顔だが、半分は火傷痕《やけどあと》で潰れた顔が、薄闇の中で露《あら》わになった。

「異形の陰陽師が使役するのは、異才の式神であるべきだ」

奇怪な男の顔を目《ま》の当たりにしても、童女は微動だにしない。道満は引きつれた笑いを浮かべ、祝詞のように……あるいは呪詛《じゅそ》のように告げた。

「私は、芦屋道満――怪異を信じぬ陰陽師だ」

渡殿《わたどの》をばたばたと走り回る気配と鈴の音で、道満は覚醒した。

昔の夢を見ていたようだが、よく思い出せない。だが、己の過去にたいして楽しい思い出などないので、別に構わない。今は安眠を邪魔されたことによる苛立《いらだ》ちのほうが先だ。頭から被《かぶ》っていた大袿《おおうちき》を払いのける。

「やかましいぞ鵺、私が寝ている時間は臥所《ふしど》の近くで騒ぐなと言っているだろう」

「しかし道満様。今しがた、私の顔ほどもある巨大な竈馬《いとど》が、庭からこの辺りに跳びこんで行くのを見まして」

几帳越しの報告に、先ほどまでの怠惰さはどこへやら。道満は俊《はし》敏な獣のように飛び起きた。駆けこんできた鵺の小さな背に隠れながら、臥所から這い出る。

「……疾《と》く捕らえろ。手段は問わん」

「はい。驚くほど大きかったので、捕まえましたら籠箱《こばこ》に入れてお見せします」

「やめろ、お前は鵙《もず》か」

「私は鵺です。道満様は鬼も物《もの》の怪《け》も恐れないのに、なぜ虫は駄目なのですか」

「駄目なものに理由などない。人々が、意味もなく鬼や物の怪を恐れるのと同じだ」

荒れ放題の広大な庭は、虫どもには絶好の隠れ場所だ。竈馬退治は鵺に任せ、そそくさと井戸で顔を洗ってから臥所に戻る。

竈馬の気配がないことを確認し、素絹《そけん》の衣を着こんで髪を括《くく》る。どうせ僧衣《そうえ》なので剃《そ》ってしまえば楽なのだが、いつ内裏に入りこむ機会が訪れ、一髻《ひとつもとどり》を結う場面が来るか分からない。もっとも、そうなった場合に火傷痕をどう隠すかまでは思いついていないので、我ながら打算的なのか単なる無精なのか分からない。

台盤所《だいばんどころ》に向かうと、すでに鵺は虫追いを止《や》めて朝餉《あさげ》の準備をしていた。籠箱などを持っていないことを確認してから、円座《わろうだ》に腰を下ろす。

膳には焼いた乾鰯《ほしか》と薄い羹《あつもの》、そしてなぜか唐菓子《からがし》の索餅が載っている。贅沢《ぜいたく》など言える立場ではないが、妙な組み合わせだ。道満の無言の問いかけを察したか、鴇は眉一つ動かさずに口を開く。

「飯《いい》が切れたのです。そろそろ市に行かねばなりません」

「飯はないのに唐菓子はあるのか」

「右衛門尉様からいただいたものが、まだ残っておりましたので」

索餅は、練った小麦粉と米粉を細長い縄のようにねじって油で揚げた菓子《かし》である。これも穀物なので、飯の代わりとしては妥当なのか。索餅をつまみ上げながら、ぼそりと呟《つぶや》く。

「……そういえば明け方、昔の夢を見た」

「昔とは、いつごろですか?」

「お前がまだ、ろくに喋れなかったころだ」

「道満様が私に索餅を放り投げてきた、満月の時でしょうか」

鴇の口調には、相変わらず抑揚がない。しかし、道満は顔をしかめた。爛《ただ》れた皮膚の引きつれる感覚に、思わず顔を撫《な》でる。

鴇は、己が見たものや聞いたことを、どんなに時がたっても忘れない。

その頭の中がどうなっているかなど、道満には理解できない。だが、神通力とも称し難いその力に気づき、利用してやろうと彼女を連れ去ったのは道満自身だ。

そしてその目論《もくろ》みは、見事に的中した。鵺は驚異的な記憶力を持つだけでなく、暦の計算を瞬時に行い、琵琶《びわ》を楽師の手本通りにすぐ奏で、鏡に写したような絵を描いた。

道満は成長と共に明らかになっていく鵺の力に驚嘆と畏怖を抱きながらも、古今東西のあらゆる知識を与えた。陰陽道、紀伝道、明経道、明法道、算道……そして鵺は、日照りに乾いた土が水を与えられたかのごとく、それらすべてを吸収していった。

それは、完全な理解ではなく記憶の反芻に過ぎない。だが、陰陽道に必要なものは霊力ではなく話術と情報という持論の道満にとって、どんな些細《ささい》な事象も記憶してしまう鵺は、なによりも強力な武器であった。

無粋だとは思いながらも、道満はなぜそれほどまで先の暦が読めるのかと鵺に問うたことがある。すると彼女はこう答えた。

「暦をじっと見ていると、ある規則が生じます。それらは段々、絵のように思えてきます——まるで、精緻な曼荼羅《まんだら》のような。私は、その模様を読んでいるだけなのです」

「では、なぜ一度だけしか見聞きしていない景観や雅楽を覚えていられるのだ？」

「むしろ、どうして人々は忘れてしまうのでしょう。道満様も、色々なことを忘れてしまうのですか？　それは、辛《つら》いことではないのですか？」

真《ま》っ直《す》ぐな瞳を向けられ、道満は思案の時間を置いた後に首を振る。

「……覚えていることのほうが、辛いこともあるのだよ」

「私は、そうは思いません。いつか辛いと思える日が来るのでしょうか」

「いや、それでよい。お前はそれでよいのだ、鵺」

その時の道満は、そう言うよりほかになかった。

道満は鵺の能力を把握し、それを自身の名声のために利用することに対してなんのためらいもなかった。そしてまた鵺自身も、そのことを疑問には感じていなかった。そうしてこの二人の奇妙な生活は、十年近くも続いているのである。

「それにしても道満様、本日は堀河院《ほりかわのいん》に呼ばれているのではありませんか？　こんなにゆっくりしていて良いのでしょうか」

寝起きの頭を現実に引き戻したのは、鵺の声だった。数年前から変わっていないような、一方で確実に成長しているようなその顔を一瞥する。

「卜占《ぼくせん》で、今日の午《うま》の刻《こく》までは日取りが悪いと伝えている。私が朝に弱いのは知っているだろう。動くのは日が傾いてからだ」

道満は堀河院という言葉に陰鬱な表情を見せた。白湯《さゆ》に映る自分の醜い顔を見つめながら吐き捨てる。

「……『無能者』の主に対する扱いなど、それぐらいで良いのだよ」

芦屋道満殿。貴殿を、お抱え陰陽師として邸に迎えたい。

地道な……あるいは姑息《こそく》な名の上げ方を繰り返し、朝廷に入りこむ隙を窺っていた道満に、ようやく声がかかったのは数日前のことだ。おそらくは、「検非違使大尉《けびいしのだいじょう》に憑いていた鬼を祓った法師陰陽師」として噂《うわさ》になった——半ば強引に章匡に喧伝《けんでん》させたようなものだが——こともあるだろう。

だが、それは悪い意味で予想もしていなかった人物からだった。

権中納言《ごんのちゅうなごん》、藤原顕光。

栄華を誇る藤原氏の系譜にして、時の絶対権力者である藤原道長の従兄弟《いとこ》。しかしその華麗なる出自に反し、彼は内裏でこう称されていた……『無能者』と。

顕光は政治に疎く、政を執り行おうとすれば式典の順序を間違い、従兄弟である道長からは罵倒され、下の兄弟には地位を追い越されと、まったくいい噂がない。そんな人物からいきなり呼び出されたところで首を傾《かし》げるほかなかったが、最終的に道満は、顕光の邸である堀河院に赴くことを決めた。

「逆に考えれば、無能者は与《くみ》しやすい相手ということだ。なにより、腐っても現時点での絶対権力者の親族。先般まで農民と共に泥を啜《すす》っていた法師陰陽師には、過ぎた話よ」

本来であれば絶対的な権力を持つ道長に取り入りたかったが、彼には大陰陽師・安倍晴明が付いている。ならば道長と敵対している甥《おい》の伊周《これちか》に近づけないかと考えていたが、彼は道長の策略を躱《かわ》すのに必死でそれどころではないだろう。

「それに思考が単純ゆえ、大方私を呼び寄せた理由も予想できる」

「どのような理由なのですか？」

「政敵である道長お抱えの陰陽師……安倍晴明に対抗せよ」

鴇が道満を見上げる。こんな大それたことを、貴族に聞かれたら命はない。

「まさか道満様、かの安倍晴明様に勝負を挑もうというのですか？」

「冗談を言うな、そんな気は毛頭ない。晴明は齢《よわい》七十を迎えんとする大陰陽師だぞ。私のような小童《こわっぱ》、吹けば飛ぶような存在だ」

三百歳などという噂が立てられている道満だったが、実際はまだ数えで三十三を迎えたばかりである。器も違えば年季も違う。

「そもそも道長は、顕光の存在など歯牙にもかけていまいよ。私が、安倍晴明の眼中にないのと同じようにな。そんな愚行を犯す気は毛頭ない」

道満は路地裏に視線を投じた。内裏に近い洛中だというのに、そこには病に倒れたとみられる死体が転がっている。野犬にでも食われたのか、すでに下半身はほとんどなくなっていた。

「今の都は疫病が蔓延《まんえん》し、有力な公卿《くぎょう》が病に罹患《りかん》して次々と命を落としているからな……公卿に空きが出ることにより、無能者の権中納言にもそれなりの地位が転がりこんでくる可能性もある。逆に権中納言が病に倒れれば、次の主を探すだけよ。指を咥《くわ》えて待っているよりも、ここで賭けに出たほうが内裏に近づけるであろう？」

「そのほうが、道満様らしくはあります」

道満の持論に、鵺は頷《うなず》いた。道の向こうに、大きな檜皮葺《ひわだぶき》の屋根が見える。南北二町を誇る摂関家ゆかりの巨大な邸宅、堀河院だ。

さて、あの場所は吉と出るか凶と出るか。久方ぶりに卜占でもしておけば良かったかと、道満はらしくもないことを思いながら正門へ足を向けた。

「頼む、陰陽師殿！　我が従兄弟、道長を呪詛してくれ！　あの男は公の場で、私を愚か者と罵ったのだ……少し儀礼の作法を間違えただけなのに！」

寝殿に通されるなり、顕光は唾を飛ばしながらそう訴えてきた。

いっそ清々《すがすが》しいほどの直球である。やはり、この主に仕えることは凶かもしれない。

置畳に腰を下ろした道満は辟易《へきえき》する。

藤原顕光は、想像していたよりは聡明そうな壮年男性だった。公務を終えたばかりなのか、立烏帽子《たてえぼし》に縹色の直衣《のうし》も様になっている。しかしその目は常にせわしなく動いており、落ち着きがない印象だ。道満は冷静に男を眺めやる。

「……ご存じの通り、陰陽師が呪詛を行うことは禁じられております。発覚した場合、私はもとよりご依頼された権中納言殿も検非違使によって捕らえられ、追放や幽閉の憂き目にあいましょうぞ。もう少し穏便な方法でやりこめようではありませんか」

鵺は渡殿に待たせてある。なにも最初から、手の内をすべて見せるつもりはない。この男であれば、鵺が式神であるという言葉もすぐに信じるだろう。いずれ、その手を使う時が来るかもしれない。道満はさらに畳みかける。

「そうですね……例えば晴明殿が苦戦している悪鬼を祓うことなどできれば、私を抱えております権中納言殿の評判も上がりましょう。なにか、内裏でそういった噂はございませんか？」

晴明が祓えない悪霊を自分がどうにかできるとは思えないが、まずは内裏で名を上げることが先決だ。そう言うと顕光は、ようやく落ち着きを取り戻して頭を捻《ひね》った。

「晴明も、今は蔵人所《くろうどどころ》陰陽師の身だ。日々陰陽寮に出仕しているわけではない上、加《か》持祈禱《じきとう》の依頼で忙しく内裏で見かけることが少ないのだが……」

当代一の陰陽師としてその名を馳《は》せる安倍晴明だが、今は陰陽寮に所属しているわけではない。蔵人所陰陽師として、帝と道長に仕えている。意外なことに、陰陽寮の最高位である陰陽頭《おんみようのかみ》の地位に就いたこともない。ある意味では法師陰陽師のように自由な身の上ではある……決して同列に考えてはいけないが。

「そう言えば最近、『時を操る鬼』の話が公達の間で広まっているぞ」

「『時を操る鬼』……？　もう少し詳しくお聞かせいただけますか」

「それ以上は知らぬ。だが、時を自在に操れるものなど、鬼しかいまいて」

道満は、がくりと肩を落とす。噂を聞く限りは無能者で嫉妬深く陰湿な印象だったが、おそらく顕光はあまり物事を深く考えない性質なのだろう。案外こういった人物のほうが、運だけで出世したりするのだ。

「それでは、私が内裏で聞いて参りましょう。なに、検非違使大尉の右衛門尉《うえもんのじよう》殿に、権中納言殿のお抱え陰陽師として出入りは許可いただいておりますので」

「お主、右衛門尉と懇意にしておるのか？」

「ええ。先般、色々とありましてね」

怪訝そうな顔の顕光に一礼し、寝殿を後にする。鵺を待たせている場所に向かおうと、渡殿を歩いていた時だった。

遠くから、衣擦れの音が聞こえてきた。刹那、曲がり角の向こうから女の短い悲鳴が響き、足を止める。道満に向けられたものではないようだが、なにごとかと思って柱の陰から覗き見る。

高欄に座って足をぶらぶらさせていたのは、先ほど待っていろと命じた鵺だった。それだけなら予想できた光景だが、その向こう側に見慣れない姿があった。

表は二藍《ふたあい》、裏は萌黄《もえぎ》も鮮やかな燕子花《かきつばた》の細長。だが、豪奢《ごうしゃ》に仕立てられたその装束を着こなしているというよりは、むしろ着られているといった印象の小さな体は、十を数えて間もない年のころか。黒々とした髪も、まだ伸ばしかけの長さである。

……堀河大君《ほりかわのおおいぎみ》か。

顕光には、娘が二人いると聞いている。貴族女性は肉親以外に本名を明かさないため、世間には堀河院に住む長女という意味の『堀河大君』と呼ばれているはずだった。

鴗が男装しているからだろう。堀河大君は、慌てて衵扇《あこめおうぎ》で顔を隠したようだった。すぐに恥ずかしがって踵《きびす》を返すだろうと思い、道満は柱の陰に巨軀を隠した。

だが、堀河大君は立ち止まったままだ。あまつさえ、興味深そうに衵扇の上から鴗をちらちらと覗き見ている。

「……そこにいらっしゃるのは誰？」

明らかな好奇心と共に、堀河大君が細長を引きずりながら鴗ににじり寄っていく様子が見えた。鴗は式神として畏れの視線を向けられることはあれど、あのように直球で興味を向けられることはない。万が一あったとしても、大抵は道満が追い払っている。

だが、ここで見たこともないような巨漢の法師がぬっと現れれば、それこそ身内以外の男性と接したこともない姫君は恐怖に戦くだろう。顕光は大層娘を可愛《かわい》がっているという噂だし、そんなことで信頼を失うのも困る。悩む道満の耳に飛びこんできたのは、なにかの台詞《せりふ》でも読み上げるような鴇の声だった。

「私は権中納言様に召された、法師陰陽師の式神にございます。見鬼の才がない徒人《ただびと》には見えぬ存在のはずですが、おひいさまには私の姿が見えるのでしょうか？」

鴇に興味を持った者に対して、道満が常々口にしている定型句だ。これを言えば、なによりも鬼や精霊の類いを恐れる大抵の貴族は逃げ出すことを学習している。

だが、道満と鴇の目論みは見事に外れた。

「まあ、なんてこと！　ということは、私には陰陽師の才があるのかしら？　それにあなた、よく見たら童女ではなくて？　まさか、式神に性別はないのかしら？　だとしたら、直接お話ししても問題ないわよね？」

堀河大君は衵扇を下ろして大きな目を見開くと、逆に鴇のほうへ近づいてきた。鴇の困惑をよそに堀河大君は鴇の顔や服装をまじまじと眺め、狩衣《かりぎぬ》の裾を引っ張りはじめる。

「羨ましいわ、この服とっても動きやすそうね。式神って鬼を退治できるのかしら？　どうやって祓うのかしら？　目から奇怪な光など出して内裏を焼き尽くすのかしら？　それともその口から炎など吐いたりするの？」

とんでもない姫君に捕まってしまったようだ。たじろぐ鴇に構わず、恐れ知らずの姫君は興味津々の様子で質問を続けてくる。これは堀河大君に無礼をはたらくことを承知で、さっさと鴾を回収すべきだろう。道満が柱の陰から出ようとした時だった。

「姫様！」

先ほど、堀河大君が現れた渡殿の方から、数人の女房が袿の裾を捌《さば》きながら慌てて駆け寄ってくる。その中で一番年嵩《としかさ》の女房が、大君を鴾から引きはがした。三日月形の眉墨が引き上がり、険のある造作がさらにきつくなっている。

「姫様、はしたないことをなさらないでください。貴女《あなた》はいずれ帝《みかど》の寵愛《ちようあい》を受ける身だという自覚がないのですか！」

女房は鴾を睨《にら》みつけながら姫君の手を引き、対屋《たいのや》へと引き上げていく。いかにも厳しそうな女房に逆らうほどの勇気はないのだろう。大君は名残惜しそうに振り返りながら、渡殿の向こうへ消えていった。

道満は胸を撫で下ろし、たった今迎えに来たばかりだという態で鴾の元へ歩み寄った。

「あれが権中納言の長女、堀河大君か。父君に似ず、実に才気煥発《さいきかんぱつ》そうな娘ではないか。一体、なにを話していた？」

「おひいさまは、陰陽師になりたいそうです」

道満は縹帽子の下で笑った。鴾は、まるで未知の生き物にでも遭遇してしまったかのような表情だ。確かに、今まで鴾が同年代の少女と接する機会などなかった。ましてや相手は、普段は御簾《みす》と几帳に隔てられた邸の奥から出てくることもない高貴な姫君だ。

邂逅《かいこう》することなどほぼない二人である。

「愉快な話だが、堀河大君は顕光にとって大事な政争の駒《こま》よ。私がそうたぶらかしたとでも思われたら厄介だ。あまり関わらぬほうが良い」

「政争の駒……一条天皇の元へ、入内《じゅだい》されるのですね」

内裏の権力者たちは、自分の娘を後宮に送りこむことに躍起になっている。それは顕光とて例外ではないし、あの道長もすでに幼い娘の入内に向けて着々と根回しを進めているという噂だ。

時の帝である一条天皇は、わずか十歳の時に中宮として迎えた一条院皇后宮《こうごうぐう》を格別に寵愛しているという。だが、たとえそうであったとしても、上流貴族たちは一族の進退をかけて娘を帝に近づけることをやめまい。それが上流貴族の娘として生まれたものの運命だ。

いずれにしても、今の自分たちには関係ない話だ。道満は鶍を促し、総門へと向かう。

「さあ、行くぞ鶍。次なる目的地は、いよいよ朱雀門《すざくもん》の向こうだ」

鶍は、すぐに返事をして高欄から飛び降りる。その時に一瞬だけ対屋の方向に視線を投じたように見えたが、気にせず道満は堀河院を後にした。

内裏は都の北端にある。朱雀大路を北に延々と上がると見えてくるのが、大内裏の境界となる朱雀門だ。外郭十二門のなかでも、最も重要な門と言われている。

「『離なるものは明なり。万物皆《み》な相い見る。南方の卦《け》なり。聖人南面して天下に聴き、明に嚮《むか》いて治む。蓋《けだ》しこれを此《ここ》に取るなり』……ということですね」

周易《しゅうえき》の『説卦伝《せっかでん》』を滔々《とうとう》と諳《そら》んじる鵺に、道満は頷いた。警固の武士には「右衛門尉殿の使いでございます」と適当なことを言っておく。武士がその真実を確かめる術《すべ》はないし、確認されたとしても章臣は黙認してくれるはずだ。

「どちらへ向かうのですか？」

「『時を操る鬼』とやらを捕らえに行くのだよ。時を自在に操れるものなど、鬼しかいない……まさかお前も、そう思っているのか？」

周囲の公達たちから投げかけられる好奇の視線をかわし、道満は八省院と民部省の間を歩いていく。試すようなその問いに、鵺は答える。

「陰陽寮へ向かうのですね」

道満は頷いた。官人陰陽師たちが所属する陰陽寮は、中務省《なかつかさしょう》の一角に位置している。ちょうど内裏の建礼門と向かい合うような形だ。陰陽師たちが、内裏において重要視されている現れであろう。

「……だから、それは『時を操る鬼』の仕業……」

と、道満の耳がある言葉を捕らえた。陰陽寮の入口辺りで、狩衣姿の若い男同士がなにごとかを噂している。その風体《ふうてい》からするに、陰陽生《おんみょうしょう》だろう。

道満が無言で近づくと、陰陽生はぎょっとしたようだった。どう見ても元服を終えたばかりのような二人に対して、慇懃《いんぎん》に頭を下げる。

「失礼。私は権中納言殿の使いの者でしてな。我が主が『時を操る鬼』とやらを大層恐れておりまして。なにかご存じでしたら、教えていただけませんでしょうか」

今度は顕光の名前を持ち出す。一人の陰陽生は怪訝な顔で後ずさるが、頬に大きな黒子《ほくろ》のある陰陽生はいきなり目を輝かせた。

「『時を操る鬼』……！　そうなのです、法師殿！」

先ほど『時を操る鬼』と口にしていたほうの若者だ。もう一人の男は、厄介ごとに巻きこまれたくないと言わんばかりに去っていってしまう。黒子の陰陽生は彼とは対照的に、身を乗り出して喋りはじめた。

「このところ、内裏では噂でしてね。最近になって、時を早めたり戻したりする鬼が出ると」

「ほう、それはどのような鬼なのですか？」

道満が聞くと、陰陽生は声をひそめる……素振りを見せたが、その声はやたら大きいままだ。

「なんでも公務を終えていつも通りに退出しましたら、家人に「今日はお早いお帰りですね」と言われたり。かと思えば邸に戻ると、いつもより寺の鐘が遅く聞こえたり……そんなことを訴える公達が多発しているようでしてな。時を自在に操れるものなど鬼しかおりませんゆえ、内裏に『時を操る鬼』が現れたと、皆が怯《おび》えているのです」

「ふむ。それはまた面妖な」

「ですが、時折のことですし害もございません。ここは鬼の怒りに触れぬよう、そっとしておくのが一番ではないかと思っているのです！」

陰陽生の言葉も分かる。官人陰陽師が多忙を極めているのは周知の事実で、疫病退散と貴族の依頼で手一杯だ。実害のないものは放っておくに越したことはない。しかし道満はなにかにひっかかり、陰陽生の顔をじっと見つめる。

「害はなくとも、厄介なことに変わりはありませんな。我が主のように、怯えているやんごとなき方もいらっしゃる。陰陽頭にご相談などはされたのですか？」

「いや、それは……そんなに事を大きくしたら、さらなる祟《たた》りが起きるやもしれません。ええ、起きるに決まっています。ですから、このままにしておくのが正しいのです！」

力強く主張すると、その陰陽生はそそくさと退散してしまった。

「……なんだあれは」

道満は怪訝そうに黒子の陰陽生を見送る。鴉も隣できょとんとしているようだ。

「大袈裟《おおげさ》に恐れていると思えば、その反面で対処はしないほうが良いと言う。非力な陰陽生ゆえ、己にお鉢が回ってくるのを恐れているのか、それとも……」

言葉を切った道満は思考しながら歩みを再開し、陰陽寮の前へとたどり着く。だが、門の前でさすがに直丁《じきちょう》に睨みつけられた。陰陽寮の中には国の政に関わる情報が山ほどある。やはり内部に入りこむのは難しいようだ。

「道満様、我々は歓迎されていないようです」

「もともと権力者どもは陰陽師の力を恐れ、官人陰陽師として政に取りこんだのだ。私のような法師陰陽師を排斥しようとするのが普通なのだよ。健全な反応ではないか」

しかしこの一件に関しては、どうにも陰陽寮の内部が匂う。さて、どのような手を使って入りこむか。

その時、門扉を出入りしていた陰陽生たちが一斉に頭を下げた。振り向くと、老年の陰陽師がこちらに向かって歩いてくるところだった。

浅葱《あさぎ》地《じ》柳に、燕《つばめ》文《もん》金襴《きんらん》の単狩衣。不思議な光を湛《たた》えた両目は温厚そうな皺《しわ》に埋もれている。高烏帽子に収められた髪は白く、しかし真っ直ぐ伸びた背筋とその足取りからは、衰えることのない威信がありありと伝わってきた。名乗らずとも分かる、その男は。

……安倍晴明。

帝と、時の権力者である藤原道長に仕える大陰陽師。

これは分が悪いと、道満も鵺の首根っこをつかんで端に寄った。さしもの道満でさえ、その巨軀を本能的に縮めてしまうような空気が晴明にはあった。こちらの黒々とした心の内、そして縹帽子に隠した素顔のすべてを見透かされてしまうような畏怖だ。

それは、周囲の陰陽生たちも同じであるらしい。皆が頭を下げる中、顔を上げて晴明を見つめていたのは、鵺だけだった。今は目立つことをするなと、道満は鵺の丸い頭をぐいと下げる。

すると道満の目の前で、晴明の浅沓《あさぐつ》がゆっくりと止まった。

縹帽子の隙間から目を細める。それほど大柄ではない晴明の顔は、道満が頭を下げているにもかかわらずなおも下にある。それでも道満は、蛇に睨まれた蛙《かえる》のような心持ちでその双眸《そうぼう》を見返す。

「播磨の法師陰陽師、道摩法師殿ですね。その名は耳にしておりますよ」

どこかで見たような目……その穏やかな視線には、奇妙な既視感があった。

平然とこちらの名を告げる晴明に、しかし道満が驚くことはなかった。この男であれば、森羅万象のすべてを把握していたとしてもおかしくないという、根拠のない確信があった。晴明は微笑《ほほえ》みながら、直丁に告げる。

「播磨国では貴殿のような法師陰陽師が、加持祈禱のみならず医師《くすし》の役割も担い、民を救っていると聞きます。ここで学ぶべきことがあるのでしょう、通してやりなさい」

彼にそう命じられ、反論できる者などこの場にはいない。直丁は先ほどまでの態度はどこへやら、恭しい所作で道を開ける。

道満は逡巡《しゅんじゅん》した。晴明とて自分が、道長の政敵に召されているなど百も承知だろう。だが、道長が愚かな顕光を歯牙にもかけていないのと同じように、この大陰陽師は胡《う》散臭《さんくさ》い播磨の法師陰陽師など眼中にないに違いない。

いずれにしても、この好機は逃すまいと頭を下げると、晴明はひょいと身を屈めて鵺の顔を覗きこんだ。

「ほう……不思議な目を持っておりますね」

晴明の胸元で、革紐《かわひも》に繋《つな》がれた勾玉《まがたま》が鳴った。鵺は驚くでもなく、老陰陽師の顔を見返す。一瞬だけ、二人の間に奇妙な交感があった。しかしすぐに晴明は顔を上げ、陰陽寮の中に向かって歩を進めていく。

「して、道摩法師殿はなににご興味がおありなのですかな？」

皺ばんだ手で顎を撫でながら、晴明はそう問うた。道満は一瞬の躊躇《ちゅうちょ》の後、答える。

「播磨にはまだ、正確な時刻を知らせるための漏刻がございません。民のためにも、陰陽寮が誇る漏刻と、それらをどのように管理されているかを見せていただけませんでしょうか」

「なるほど。それでは、しばしここでお待ちくだされ」

掌《てのひら》を向けられ、道満はそれこそ法術でもかけられたように立ち止まった。

晴明が陰陽寮の中に消え、間もなくして一人の男が現れた。どこか憮然《ぶぜん》とした表情で頭を下げる。

「私は漏刻博士《ときもりづかさ》の宮道《みやじ》と申します。晴明殿から、お二人に漏刻をお見せせよとの命をいただきました」

晴明自身に二人を相手する時間などないのだろう。宮道漏刻博士はあくまでも命じられていることだと強調するようにそう言うと、さっさと歩き出した。

「漏刻博士といいますと、陰陽寮が誇る漏刻を司《つかさど》る責任者のお一人でありますな。ご多忙のところ、我儘《わがまま》を言って申し訳ございません」

道満はいつもの通り飄々《ひょうひょう》と嘯《うそぶ》くが、前を歩く宮道はだんまりを決めこんでいる。怪しい法師陰陽師に対しては妥当な対応だろう。道満は気にせず、陰陽寮の敷地をぐるりと見渡す。宮道が向かっているのは、その一角にあるお堂のような小屋だった。

内部に入ると、高い天井には巨大な鐘が吊《つ》られていた。そしてその下には、見慣れないものがある。階《きざはし》状に積まれた、四段の水槽だ。

漏刻……いわゆる水時計である。その周囲では、数名の守辰丁《しゅしんちょう》が作業を行っていた。

「こちらが漏刻。一番上の水槽に一定量の水を入れ、その水が最下段の水槽に流れこみ、矢につけた浮の目盛を読むことで時間を測る機構です。内裏の時間は陰陽寮にあるこの漏刻によって測られ、守辰丁の打ち鳴らす鐘で時刻を知らせます」

　宮道は早口で説明する。しかしその口調には、己が従事する仕事に対する誇りのような色も感じ取れた。道満の横で、鴟がなにかを暗唱するように呟いている。

「――四段の水槽は上から『夜天池』『日天池』『平壺』『萬分壺』と呼ばれ、最後に『水海』に注ぎこまれた水量が時間に比例するようになっている。各段の間は管で結ばれているため、水位が下がれば高低差が増えて流量が増え……」

「ほう、実に精巧に作られておりますな」

　どこかの書物から得た知識だろう。鴟は宮道よりも詳細な解説を諳んじながらじっと機構を見つめている。その反芻《はんすう》にかぶせるようにして、道満は大仰な感嘆の声を上げた。

「真夜中なども、こちらの管理をする当番の方がいらっしゃるのですかな？」

「もちろん。冬場は水が凍ったり、不純物が混じることもありますからな。陰陽寮には漏刻博士が二名、守辰丁が二十名おります。漏刻博士一名、守辰丁十名の二組に分かれ、交代で当番をしているのです」

「ということは、貴殿のほかにもう一名の漏刻博士がいらっしゃるのですね」

「はい。池辺漏刻博士《いけべのときもりづかさ》という者がおります」

　わずかな水音だけが響く中、道満は宮道に向き直る。

「時間で思い出したのですが、最近内裏の公達の間で『時を操る鬼』なる噂が立っているようですな。まあ、若い公達が好みそうな、くだらない噂なのでしょうが」

するとと宮道は、さらに不機嫌になった様子で眉を跳ね上げた。

「確かに最近、陰陽寮の鐘が不正確になったと嘯く輩《やから》がやたらとおりますな。無論この漏刻が、その辺にある寺の鐘などよりも不正確ということはありますまい。寺の坊主が間違えているだけだろうと言ったのですが……そんな折に立った噂が、その鬼の話です。これ以上妙な噂が広がるようなら、対処せねばならないと思っておりますよ」

「まったくです。漏刻博士殿はこうして日夜職務に従事されているというのに、くだらぬ噂を流されたらたまったものではありませんな……そうそう、その噂をしていたのは、ここに大きな黒子のある、陰陽生らしき若者だったのですが、ご存じですか？」

「ああ、それは守辰丁の一人ですな。ですが、私の下に所属している者ではなく、池辺漏刻博士の部下です。漏刻を司る立場でそのようなくだらぬ噂を喧伝せぬよう、言ってもらうことにしましょう」

「それが良いでしょう。あれだけ大声で噂をされたら、広まるのも時間の問題ですぞ」

道満が同情すると、宮道はわざとらしく咳払《せきばら》いをした。

「さて……もう満足されましたかな、法師殿。いくら晴明殿の仰せとはいえ、これ以上部外者をこのような場所に留《とど》めておくことはできませんゆえ」

当然の言葉に、道満は礼を告げてから漏刻台を出た。振り向くと宮道はすでにこちらのことになど興味を失った様子で、守辰丁に指示を飛ばしている。道満はのろのろと歩きながら、周囲を見回した。

「どうやら、あの宮道漏刻博士は本当になにも知らぬようだな。鴉、もう一度あの黒子の守辰丁を探すぞ。私の予想が正しければ、奴《やつ》はまだその辺で別の公達に噂話を吹きこんでいるはずだ。おそらく大声で話しているから、すぐに見つかるであろう」

少し話しただけの人間だ。普通の人間は顔の黒子ぐらいしか印象に残らないが、鴉であれば背格好はもちろん着ていた狩衣の色模様まで、すべて覚えている。

「……だから、それは時を操る鬼の仕業……」

……と思ったが、鴉の力を借りるまでもなかったようだ。勘解由使庁《かげゆしちょう》の横に差しかかった辺りで、周囲にわざと聞かせているとしか思えない声が聞こえた。道満たちが角を曲がると、黒子の守辰丁が先ほどの相手とは別の公達に向かって熱弁をふるっている。

大方予期していた光景に、道満は呆れながら近づいて行った。すると守辰丁はぎょっとしたように肩をすぼませた。噂話を吹きこまれていた公達は、そそくさと去っていく。

「先ほどの法師殿ではありませんか……まだなにか？」

「ふむ。我が主が怯えております『時を操る鬼』に関しまして、さらに調べておりましてな。どうも私では力不足ゆえ、先ほどかの安倍晴明殿に助言を賜《たまわ》ったのですが」

「せ、晴明殿ですと？」

その名に裏返った声を上げる守辰丁に、道満は顔を近づける。

「ええ……そうしましたら、貴殿の辺りから鬼の匂いがすると申しておりましたぞ」

抑えた声でそう言うと、守辰丁は目に見えて震えあがった。慌てて踵を返そうとするその腕をつかむと、道満は極力穏やかな声で続ける。

「ご安心くだされ、なにも貴殿が鬼だと言っているわけではないのです。ただ、なにか知っていればお聞かせ願えませんかな？　同じ陰陽寮の方々には口にし難い事象が起きているのであれば、この法師陰陽師が内密にお力になりましょうぞ」

晴明の名に怯えた守辰丁は、そう畳みかける道満の袈裟にすがりついてくる。

「違うのです法師殿、晴明殿には、私はなにもしていないとお伝えください。私はただ、池辺漏刻博士のことを思って……」

「ほう、池辺漏刻博士ですか。宮道漏刻博士と共に、漏刻の管理を司っていらっしゃる方ですな。そういえば、貴殿は池辺殿の部下だと聞いております。池辺殿の身に、なにかあったのでしょうか？」

時を自在に操れるものなど、鬼しかいない。無能者の主はそう断言していたが、違う。

この内裏において真の意味で時間を操れるものは、陰陽寮に所属する漏刻部門だ。

それも修行中の守辰丁ではなく、彼らを統括する漏刻博士……彼らであればその権限を使って、漏刻自体を操作することも可能だろう。

　その条件に当てはまる者は宮道と池辺の二名しかいないが、どうやら池辺側に引っかかったようだ。若い守辰丁は道満の迫力に気圧《けお》されたように、重たい口を開く。

「実は……ここ最近、我々を統率する池辺漏刻博士が気もそぞろな様子で、公務がなおざりになっているのです。朝は眠たげで、夜は早く退出したがり、漏刻博士という立場にあるにもかかわらず、出仕の時間に遅れることすらたびたびでして」

　帝の日中行事すら左右する内裏の時間管理を疎《おろそ》かにするなど、通常であれば解任は免れまい。守辰丁もそれを理解しているのだろう。魂ごと吐き出しそうな息をつく。

「仕方なく、まだ技術的に不完全な自分たち守辰丁十名が、その分を補っているのですが……漏刻は非常に繊細な機構。今までは逐一池辺漏刻博士が我々の作業を検分しながら進めていたのですが、次第にそれも疎かになり……」

「結果、通常よりも時間が早くなったり遅くなったりしていたと。最終的に辻褄《つじつま》は合わせていたのかもしれませんが、宮道漏刻博士が気づくのも時間の問題でしょうに」

「ですが、池辺漏刻博士は身分の低い母を支えるために勉学に励み、ようやく今の立場を得たお方なのです。漏刻博士は仕事の性質上、厳格で信頼のおける人材しか推挙されません。以前までは真面目《まじめ》で、我々に対してもお優しい方でした。そんな方の名声を落としてはならないと、我々は必至で庇《かば》いだてを……」

「……まったく、綺麗事《きれいごと》をいうな」

言い訳を続ける守辰丁の言葉を、道満は容赦なく断ち切った。俄《にわ》かに面倒臭くなって、口調を改める。

「池辺漏刻博士の怠慢が白日の下に晒《さら》されれば、その下に付くお前たちの責任も問われる。ゆえにこうして『時を操る鬼』などというくだらぬ噂を流布し、責任の所在を自分たちから逸《そ》らそうとしているのだろう？　内裏の公達どもは漏刻の仕組みなど知らぬだろうし、鬼の噂に対しては面白いほど過敏だ。広まるのも早いだろうし、鬼の仕業と聞けば祟りを恐れて追及しようとする者もいなくなるだろうしな」

守辰丁は真っ赤な顔で押し黙ったが、やがてうなだれた。

「その通りでございます……しかし、最近になって池辺漏刻博士の様子がおかしくなり、我々が心配しているのは事実。何度理由を聞いても『お前たちが気にすることではない』の一点張りで、解決の糸口も見えず、一体どうしたらよいのか……」

だからといって、陰陽寮に属する立場の人間が鬼の噂を吹聴するなど許されることではない。道満は鵜に向かって問いかける。

「鵜よ、池辺漏刻博士の顔を見たことは？」

すると鵜は、分厚い経典の目次をざっと眺めるほどの時間を置いた後に首を振る。

「お見かけしたことはございません。身辺の噂は耳にしたことはありますが」

「では、本日覚えて帰ろう。守辰丁よ、池辺漏刻博士はいつ出仕する」

「本日は夜半の当番なので、そろそろいらっしゃるはずです。ですから私も先ほど出仕したのですが……お教えしました通り、最近は時間が不規則になっておりまして」

「そういうことだったな。では、池辺殿が出仕したら教えるがよい」

そう言って道満は、守辰丁の背を押して陰陽寮の前へと戻った。狩衣の首根っこをつかまえるようにして、入口が良く見える柳の下に陣取る。先ほど漏刻台で作業をしていた宮道班の守辰丁が、公務を終えてぱらぱらと陰陽寮から出てくる。

「あの……そろそろ私も出仕の時刻なのですが……」

「上司である池辺殿がまだ来ていないのだから、問題あるまい」

そう訴える守辰丁にぴしゃりと返し、道満は鴇と共に陰陽寮前を観察する。しばしして、守辰丁が道の向こうから歩いてくる壮年男性の姿を示した。

「いらっしゃいました、あの方が池辺漏刻博士です」

現れたのは、どこか疲れた顔をした男だった。慌てて身支度をしてきた様子で、水干《すいかん》の衿紐《えりひも》は解《ほど》けかかっており、烏帽子も曲がっている。彼は道満たちの視線などに気づかぬ様子で、ふらふらと陰陽寮の中に入っていった。

「覚えたか？」

道満の問いかけに、鴇は「はい」と答える。そこでようやく守辰丁の狩衣から手を離すと、道満は池辺が消えていった方向を見つめた。

「ところで守辰丁よ。明日、貴殿らの班の退出時間はいつだ?」

「はあ……明日も夜勤ですので、寅《とら》の刻《こく》ごろになります」

「明け方は駄目だ、私が眠い。日勤に交代するのはいつだ」

理不尽なことを言って首を振る道満に、守辰丁は怪訝な顔を見せた。

「交代は三日後ですね、日勤の退出は酉《とり》の刻《こく》ごろです。ただ、池辺漏刻博士はそれよりも早く退出されることが多くなってきましたので……」

「ふむ。では、申《さる》の刻《こく》から張っておくか……よし、もう行ってよい」

必要な情報はすべて得たとばかりに、その背を押しやる。たたらを踏む守辰丁は不安そうに振り返った。

「あの、法師殿……このことは、晴明殿や宮道漏刻博士にはご内密に……」

「私も晴明殿から『時を操る鬼』の調査を受けた身だ。取り急ぎは、池辺漏刻博士の身になにが起きているかを探るとしよう。貴殿ら部下のことは、悪いようには言わぬさ」

今度は勝手に晴明の名を借りるが、それなりに効果はあったようだ。守辰丁はようやく自分の責務を思い出したように陰陽寮へと駆けこんでいった。その背を見送りながら、道満は熟考する。

「池辺漏刻博士……しょせんは下級官吏だ、あまり利用価値がないな。いっそ奴の怠慢を晴明に密告して恩を売ったほうが、まだ旨味《うまみ》があるか？　いや、晴明はこんな些事《さじ》など気にも留めまい。それに、権中納言の命に反することにもなる」

道満は、意味のない仕事はしない主義だ。やはりここは池辺の行いを突きとめ、『時を操る鬼』を祓ったのは芦屋道満であると喧伝させるのが一番か。

「ですが道満様。池辺漏刻博士のお父上は、権大納言の地位にございます。母君が六人の妻のうち最も位の低い女房だったゆえ、上位の官位を賜れなかったのでしょう。ご親族には織部の君と呼ばれる姫君がおり、近々更衣《こうい》として入内される予定ですし、甥の明親《ちかあき》殿は元服すると同時に正六位下に叙された左兵衛佐《さひょうえのすけ》の立場にあります」

鵺からの報告に、道満は「ほう」と感嘆の声を上げた。貴族の親族関係は複雑で、思いもよらぬ人物同士が繋がっていることは多い。

なんにしても、人の弱みは握っておいて損はない。僧衣の内側で不遜《ふそん》なことを考えながら、道満は内裏をぐるりと眺めやった。

魑魅魍魎《ちみもうりょう》の跋扈する平安の魔都。その中心に位置するこの場所から引きずり出されるのは、果たして物の怪か精霊か。しかし道満はそれらの存在を一笑に付すように鼻を鳴らした。漏刻台より、酉の刻を告げる鐘が鳴り響く。

「まあ、ほかに急ぐべきこともない。なにが出てくるかはとんと見当もつかぬが、三日後よりはじめるか……鬼祓いを」

三日後、朱雀門の近くには粗末な牛車が止まっていた。

中にいるのは昼間から酒を飲んでいる道満と、ぼりぼりと唐菓子を齧っている鴇だ。

通常、牛車はそれなりの冠位を有している貴族しか使用を許されない。さらにその階級によって、乗ることのできる牛車の造りも違ってくる。

しかし、道満は相変わらず口先の回る男だった。陰陽寮を尋ねた翌日、二人はすぐに堀河院を訪れると、顕光に向かって頼みこんだのだ。

「実は、晴明殿ですら手を持て余しているともっぱらの噂である『時を操る鬼』の尻尾《しっぽ》がつかめそうでしてな。ですが、奴は実に慎重な悪鬼で、陰陽師の姿を見ると途端に身を隠してしまうとのこと。気づかれずに奴を追うため、牛車の使用を許可いただけませんか?」

顕光はその言葉を鵜呑《うの》みにし、二つ返事で牛車の使用を許してくれたのだった。あまりに豪奢なものだと目立つので、中途半端に粗末なものにしてもらっている。

そして池辺漏刻博士の班が日勤に切り替わった日の夕刻、二人を乗せた牛車が堀河院より朱雀門へ向けて出発した。

初めて牛車に乗った鴇は最初こそ珍しそうにしていたが、間もなく不満を漏らした。

「徒歩《かち》のほうが早いですね。乗り心地も良くないです」

　牛が引いているのだから、早くないのは当たり前だ。おまけに車輪《くるまのわ》が石やら土くれを踏むので、上下動もひどいし騒音もひどい。

「我慢しろ、これは足腰の弱った貴族の乗りものだ。後は、姫君や女房のためのものだな。よもや裳《も》を引きずりながら、土の上を膝行で進むわけには行くまい」

　貴族の女性は、室内では立って歩くことがあまりない。もちろん外出の時はそれなりに動きやすい服装になるが、若干の揶揄《やゆ》をこめてそう言った。すると鶍は納得したように、がたがたと揺れる車内で頷く。

「確かに、堀河大君が着ていらっしゃった細長などは外出の時には大儀そうですね」

　おや、と道満は思った。確かに鶍は一度顔を合わせた人物のことはすべて覚えているが、それゆえに道満から聞かれない限り、特定の人物を思い出して名指しすることはない。違和感があったが、牛飼童《うしかいわらわ》が急に車を停《と》めたため、道満は物見窓から外を覗く。

　どうやら、目的地である朱雀門に着いたようだ。時刻は、申の刻を少しばかり過ぎたころである。いくら池辺の勤務が怠惰になっているからといって、この時間から出てくることはないだろう。

　そうして車内で暇を持て余しつつ、半刻《はんとき》ほど過ぎたころだった。空になった唐菓子の袋を未練がましく探っていた鶍が物見窓から顔を離す。

まだ、酉《とり》の刻を示す内裏の鐘は聞こえてこない。池辺は職務の途中で守辰丁に仕事を任せ、自分だけさっさと退出してきたことになる。

「道満様、池辺様です」

道満も外を覗くと、こそこそとした様子で門を出てくる男の姿があった。

「ふん、守辰丁の言葉通りか……さて、一体どこへ向かうのやら」

どこか楽しげにそう吐き捨て、道満は前簾《まえすだれ》を開けた。牛の周りを飛び回る蝿《はえ》をのんびりと追い払っていた牛飼童を呼びつけ、朱雀大路の向こうに消えていく池辺を示す。

「あの男を追うのだ。見失うな、ただし気づかれんようにな」

前簾を閉じると、牛車はすぐに動き出した。鴾の言う通りそれほど徒歩と変わらない速度なので、もし気づかれたとしても行き先が同じだと思われるだけだろう。

「帝の公務にも関わる漏刻を疎かにするとは、不届きな者よ。これで単に女にうつつを抜かしているだけだとしたら、どうしてくれようか」

さっそく強請《ゆす》りの算段をはじめる道満と対照的に、鴾は首を傾げた。

「ですが守辰丁の言う通り、池辺様に悪い噂はございません。子はいないようですが、一人だけいる妻とは仲睦《なかむつ》まじく、ほかに通い所があるという話もないようです」

「だからこそ、慣れない女通いで浮足立って公務を疎かにしているのかもしれん。いずれにしても、後ろ暗い用事があることは明白だ」

牛車は思ったよりも遠くまで来たようだ。物見窓から再度外を覗くと、車は左京を抜け、右京のうら寂しい通りに入っていく。

「どこまで行くつもりだ。さすがにこのままつけていくと怪しまれるな」

よもや、ほとんど人通りのない右京にまで向かうとは思わなかった。牛車はこの辺りに待たせ、徒歩で追ったほうが良いだろうか。

だが、巨漢の僧と男装の娘は、ある意味では牛車よりも目立つ。逡巡したその時、ようやく牛車が停まった。前簾を上げると、牛飼童が前方を示す。

「法師様。追っていた男ですが、あの邸へと入っていったようです」

門の前にまで進めると怪しまれるからだろう。一区画ほどの距離を置いて、牛車は停められていた。道満は牛飼童に礼を言い、鷁を促して前板から降りる。

辺りはすっかり夕刻の風情《ふぜい》だが、視界が遮られるほどではない。道満は周囲に人通りがないことを確認すると、池辺が消えて行ったという邸に向かった。

邸とは言っても左京に立ち並ぶ貴族の大邸宅などと比べれば、東屋《あずまや》のようなものだ。ろくに手入れもされておらず、外見はまるで廃墟《はいきょ》のようである。しかしその敷地からは明かりが漏れており、人の声らしきものも聞こえてくる。

「女通いかと思ったが、これは様子が違うな。よもや……」

中から聞こえてくるのは、下卑《げび》た男たちの笑い声だ。一人や二人ではなく、どうやら相当な人数が集まっているようだ。しかしその雰囲気からして、決して雅《みやび》な集まりではない。道満は長身を利用して、生垣から邸の中を覗きこんだ。

「ふむ……どうやら、女通いよりも卑しい用事のようだぞ」

「道満様、中ではなにが行われているのですか？　ずいぶん楽しげな声が聞こえますが」

縹帽子の下で含み笑いする道満の袈裟を、鵺が引っ張る。道満はその問いかけに、至極単純な答えを返した。

「……博奕《ばくち》だ」

御簾の奥で繰り広げられていたのは、双六賭博《すごろくとばく》であった。

双六自体は貴族の遊びに過ぎないが、賭博は禁制の対象である。発覚すれば鞭打《むちう》ち百回、役職を持つ貴族であれば現職解任の上、俸給没収だ。

都における賭博の取り締まりは非常に厳しく、区域ごとに刀禰《とね》と呼ばれる者たちが、検非違使の命令の下で目を光らせている。彼らの目を避けるためにもおおっぴらに賭場を開くことはできない。おそらく水面下で日時と場所を厳密に指定し、都中の博徒たちが集まってきているのだろう。

中からは歓声と落胆の声、耳を澄ませば賽《さい》が転がる音も聞こえてきそうだ。この邸も、持ち主がいない廃墟を勝手に利用しているに違いなかった。

「真面目そうな人物に見えて、裏ではこのような行いに身をやつしているということか。

まあよい、一旦牛車に戻るぞ。池辺漏刻博士が賭場から出てきた現場を押さえるのだ」

道満は背伸びして賭場を覗こうとしている鴾を促す。双六賭博がどのようなものか見てみたいらしいが、おとなしく道満の命に従って牛車に戻る。

二人が牛車に戻って一刻ほど過ぎたころ、池辺が邸から出てきた。まだ夜も更けていない時刻である。薄闇の中で肩を落としている姿に、道満は吐き捨てる。

「ふん、負けたようだな」

いかにも侘《わび》しい雰囲気を纏っている上、勝ち続けていればここまで早い時間に引き上げたりはしないだろう。有り金すべてを巻きあげられたといった様子の池辺に同情する余地などなく、道満は鴾を伴って牛車を降りた。

ただでさえ人通りのない、右京の裏通りである。突如として巨漢の僧が薄闇から現れただけでも脅威であるのに、その影は真っ直ぐ自分に向かってくる。池辺はぎょっと顔を上げると、早足で二人の横を通り過ぎようとした。

「池辺漏刻博士ですな」

しかし次の瞬間、道満はそう囁いた。都を覆いはじめた闇に呑まれそうなほどの声量だったが、虫の鳴き声が微かに聞こえるだけの路に、その声はことのほか大きく響く。

池辺が、ゆっくりと立ち止まった。慌てる様子も逃げ出すそぶりもないが、後ろ暗いなにかを持つ人間の反応だ。道満は池辺に視線を向ける。

「失礼。どうも貴殿の背後に鬼の気配を感じましてね。早急に祓いを行ったほうがよろしいかと思いますぞ……どうやら時を操り内裏を欺く、自堕落な悪鬼のようですな」

「く、くだらないことを言うな。知っての通り、私は陰陽寮に属する者。祓いは間に合っておるし、内裏に蔓延する鬼の話も、単なる噂よ」

精一杯の虚勢を張るように池辺が振り向く。鬼の脅しが通じないのであれば、現実的な話をするだけだ。道満はわざとらしい所作で一礼すると、池辺に向き直った。

「実はさるやんごとなきお方の依頼で、貴殿の動きを探らせていただいたのです。そちらの邸から退出されたことも、しかと見ておりましたよ」

「や、やんごとなきお方ですと？　それは一体……？」

「ふむ、貴殿と同じ、陰陽寮に所属する方とだけ申しておきましょうか」

その言葉に、池辺は青ざめた。宮道漏刻博士か、陰陽頭か、もしかしたら……安倍晴明か。勝手にそんな想像を巡らせているに違いない。道満はさらに畳みかける。

「そのお方は漏刻部門で起きている不祥事にいち早く気づき、貴殿に疑いの目を向けたのです。しかしそれが御上《おかみ》にばれれば、陰陽寮自体の権威が失墜すると考えたのでしょう。仕方なく私のような法師陰陽師に報酬を積み、貴殿の身辺を調べさせたという次第です」

でたらめを告げる道満だったが、池辺は言い訳も思い浮かばなくなったという態で地面に這いつくばった。神仏に祈りでも捧《ささ》げるように手を合わせる。

「ああ……いずれこのような時が来るとは思っておりました。決して弁明はいたしません。現職解任でも、俸給没収でも甘んじて受けましょう」

やけに素直だ。道満が訝《いぶか》っていると、池辺は薄闇の中で頬のこけた顔を上げた。

「ですが、私にはここで一つやり残したことがあるのです。それが片づくまでは、どうか見逃していただけないでしょうか。そうでなければ、罪を償うこともできません」

どうも、単に博奕にかまけて公務を疎かにしていただけではなさそうだ。主導権はこちらに移ったので、自然と口調を改める。

「良いだろう、私は単なる法師陰陽師。話によっては、貴殿側に味方してやっても構わんぞ。あくまでも自由な立場だからな」

「それはまさか……さらなる金を積めということですか？　それは絶対に無理でございます！　今の私にそのような余裕はございません！」

「そんなことは火を見るより明らかだ、私もそこまで鬼ではない」

袈裟にすがりつく池辺を、道満は邪険に振り払った。

「して、なにがあった。貴殿は公務に忠実で真面目な漏刻博士だと聞いている。なぜ博奕などに身をやつすことになったか話してみよ」

道満に促され、池辺は路に膝をついたまま情けない声を上げた。隣では夜も更けてきたせいか、鴇が眠そうに目をこすりはじめている。

「……私は下賤《げせん》な母の元に生まれ、従七位という立場にございますが、父は権大納言として帝に仕えております。父には妻が六人おりまして、異母兄弟は十五人。さらに位の高いものから低いものまで、甥と姪《めい》が二十人近くいるのです」

それは鴇からも聞いた話だ。親族が多いというのは天涯孤独の道満にはさっぱり分からぬ感覚ではあるが、肉親同士の諍《いさか》いも多い世の中だ。そこまで来ると他人のようなものだろう。

「その中でも位の高い異母兄の元に生まれた、甥と姪がおりましてな。彼らはとても心根が優しく、私のような取るに足らない叔父《おじ》にも懐いてくれて、それはそれは可愛がってやったのです。そんな彼らも元服と裳着《もぎ》を済ませ、姪に至っては入内が決まり、甥は正六位下に叙されたのでございます」

「実に結構なことではないか。それともなんだ、可愛い甥に立場を抜かされ、自暴自棄になり賭博に走ったとでも言い訳するのか？」

「とんでもございません！　私と彼らは、もともと身分の違う立場。同列に考えたことなど一度もないのです。私は嫁こそ迎えましたが子に恵まれず、その二人を自分の子のように可愛がっており……」

さて、いつまでこの男の身の上話を聞けばよいのか。うんざりしながら道満が適当な相槌《あいづち》を打っていると、池辺は声を詰まらせた。

「しかしある時、甥が供も連れずに突然私の元に駆けこんできたのです。内密に相談をしたいことがあると。慌てて話を聞くと、ある公達の友に誘われ、軽い気持ちで双六賭博に手を出してしまった。それだけではなく大負けをしてしまったと、涙ながらに訴えてきましてな……賭場を仕切る博徒は甥に大負けした分の金額を収めるように脅しをかけて来たそうです。払えなければ検非違使に通報すると」

双六賭博の違反者は、現職解任の上、俸給没収だ。元服して即、そのような事態になれば、本人のみならず一族の名に傷がつくばかりではなく、祖父である権大納言の立場まで危うくなる。

「そんなもの、父君にすがってもみ消せばよいではないか。相手は下賤の者だ。金でも積めば解放してくれるだろうに」

「甥はそれができず、私を頼ってきたのです。甥の父である私の異母兄は非常に厳しい方で、そのようなことがばれては問答無用で勘当されかねません。本当の父に甘えられないからこそ、幼いころから私に懐いていたというのもありましょう」

確かに一度下賤の者の強請《ごうせい》に応じてしまうと、さらなる被害を誘発しかねない。子供の数が多いならば、一人が不祥事を起こしたら出家でもさせたほうが良いのだろう。

「甥はただ、友人である公達の誘いを断れなかっただけなのです。その心根の優しさを博徒に見破られ、つけこまれてしまったのです。ですが私は、しょせん陰陽寮の下級官吏。そこまでの財はございません。しかし、可愛い甥をどうしても助けてやりたい。そこで有り金をすべて包み、賭場へと赦《ゆる》しを乞いに向かったのでございます」

池辺は先ほど自分が出てきた邸を示した。中からは紙燭の光と、下卑た声が漏れて来ている。酒も入っているのか、博奕はさらに白熱しているようだ。

「頭を下げる私に、博徒は言いました。甥は許してやろう。だがその代わりに、明日より お前が賭場に来て双六を行えと。一日でも来なければ逃亡したとみなし、甥の家に取り立てに行くと……要するに甥の代わりに、私をカモにしようというのです」

「ふん、強請の連鎖だな。そうやって博徒は芋づる式に標的を賭場に引きこみ、金を巻き上げているわけだ」

「ええ、分かっております。しかし私は甥を助けるため、その話を受け入れざるを得ませんでした。賭場が開かれる時刻は、事前に密書で伝えられます。時には出仕中の時間になることもあり……漏刻博士は交代勤務のため、時間が不規則です。なんとか周囲を騙《だま》しながら、賭場に通い詰めていたのですが……」

「そうして、毎回のように有り金を搾り取られているのか。それでは公務がなおざりになって、漏刻が狂うのも頷けるというものよ」

意図して漏刻を狂わせていたわけではなさそうだが、だからといって許されるものでもない。池辺はすべてを白状する罪人のように肩を落とした。

「その通りでございます。しかし、当たり前ですが私は双六賭博などやることすら初めてで……当然、場慣れした博徒たちに勝てるはずもございません。あまりにも負けがこみ過ぎて、このままでは妻にも隠し通せそうになく……しかし私が逃げ出せば、甥の立場が危うい……もはやどうしたらよいのか……」

「お前はこの賭場と取り仕切る博徒を知っているのだから、疾く検非違使に通報すればよいではないか。下級官吏の嘆願など耳に入れぬという態度なら、私から知り合いの検非違使大尉に伝えてやろうではないか」

　章臣は性根の腐った男だが、弱みを握っている道満の頼みならば聞いてくれるだろうし、犯罪者の逮捕は手柄にもなるのだから悪い話ではあるまい。しかし、池辺は大きく首を振った。

「とんでもございません！　この賭場を仕切っているのは、天眼《てんげん》の博徒と呼ばれる名博《ばく》奕打《ちうち》。このほかにも洛中にある賭場をいくつも取り仕切っており、一度通報でもしようものなら、都中の博徒が報復に訪れるでしょう。そのような恐ろしいこと、私のような下級官吏には到底できません」

　確かに、今まで検非違使の目をうまくかいくぐってきた連中だ。ここで踏みこまれようものなら、池辺が通報したとすぐに疑われるに違いない。池辺自身も色々と考えた上の結論として、賭場に通い詰めるという選択をしたようだ。

「ふむ。ある意味、この男は『時を操る鬼』に憑かれていたということか……鵺よ」

しばし熟考した後、道満は大あくびをしている鵺に視線を向けた。

「お前、盤双六のやり方を知っているか？」

すると鵺は、道満の声から拾った言葉を頭の中で咀嚼《そしやく》するほどの時間を置いた。眠たそうな表情のまま、抑揚のない口調でつらつらと告げる。

「はい——盤双六は一対一の二名で行う遊戯。それぞれ十五個の駒を持ち、双六盤の端から反対側にある己の陣地にすべての駒を移動させたら入勝《いりがち》となる。対戦者は交互に二つの賽を振り、その合計数を十五個の駒に割り振った上で、複数の駒を同時に進めることができる。相手の駒が一つだけある区画に止まると、その駒を初期の振り出しに戻すことができる。二つ以上相手の駒がある区画には自分の駒を止められない。一つの区画に入れる駒の数は……」

「……もうよい。双六盤になど一度も触れさせたことがないのに、お前が盤双六を理解していることはよく分かった」

盤双六が運に左右される勝負であれば、素人の池辺が偶然勝てる可能性もないわけではない。しかし、盤双六は技術と思考の遊戯だ。相手の手の内を読んで、賽の目の合計値をどのように割り振り、いかに効率的に自分の駒を移動させるか……数多の手を先読みしなければ勝てない。

　手慣れた博徒はそれを知っているからこそ、確実に勝てる相手をカモとして引きこみ、賭け金を巻き上げているのだ。

　だが逆に考えれば、博徒を上回る手を有していれば、確実に勝てるということである。

「鵺よ……前に暦が曼荼羅のように規則正しく見え、先まで読み通せると言っていたな。そういったように数多ある規則の先を読み、最良の結末まで導くことも容易なのか？」

「はい」

　まるで夕餉《ゆうげ》の使いを命じられただけのように、鵺は眠たそうな顔で即答した。

「では、もう一つ聞こうか。博徒に必要なものはなんであると言われている？」

　道満がさらに問いかけると、鵺は記憶の経典をめくって答える。

「博徒に必要なものは――心・物・手・勢・力・論・盗・害……すなわち、一に精神力、二に財力、三に技術、四に負けん気、五に強引さ、六に言葉の巧みさ、七にイカサマ、八に相手を殺しても損はしないという覚悟」

　鵺の答えに、道満は賭場に視線を投じた。縹帽子の下で口元を上げる。

「良いだろう、池辺漏刻博士よ。貴殿に憑いた『時を操る鬼』、我々が祓ってやろうではないか。私は播磨の法師陰陽師、芦屋道満だ。この名、ゆめゆめ忘れるでないぞ」

　小路の向こうから、小鬼の嗤《わら》い声のような音と共に風が吹いてくる。その響きに誘われた魍魅魍魎が蠢《うごめ》き出しそうな、初秋の夜だった。

翌日の酉の刻過ぎ。いつもと変わらず表情の読み取れない鵺と、今にも卒倒しそうな顔色の池辺を伴い、道満はうらぶれた右京の廃墟邸に立っていた。

公務を終えたばかりの池辺は疲れた顔を隠しもせず、道満を見上げる。

「ほ、法師殿、正気なのですか……？　まさか私の代理で、天眼の博徒との双六賭博に臨むなど……勝機はあるのですか？」

「知らぬ。文字通り賭けだ。まあ、負けたらいつも通り貴殿の負け分が上乗せされるだけだ。私の知ったことではない」

「そんなあ……」

無慈悲に言い捨てる道満に、池辺は情けない声を上げる。しかし、すでに池辺に選択肢など残されていないのだ。

「悪い話ではあるまい。すでに貴殿は、賭ける金すら持っていないのだろう？　それを、優しい私が全額貸してやると言っているのだ。もちろん、負けたら耳を揃《そろ》えて返してもらうがな。それとも私から金だけ借りて、自力で博徒に勝利してみせるか？」

顔を覗きこむ道満に、池辺は力の限り首を振った。

「ふん、腹は決まったようだな。行くぞ」

道満はそう言うと、大股《おおまた》で邸の中へと入っていった。池辺は道満を盾にするように、背中に隠れながらついてくる。鬱陶しいことこの上ない。

　元々は下級貴族の邸だったのか、内部はそれほど大きくない。寝殿へ続く渡殿も、所々腐り落ちているような状態だ。

しかし、几帳と御簾の隙間からは紙燭の明かりと、複数人の笑い声が漏れている。それを頼りに奥の間へたどり着くと、道満は御簾をはね上げた。

突然の訪問者に、中にいた人々の視線が一斉にこちらを向く。道満は仁王立ちになったまま、その顔をゆっくりと見渡した。

烏帽子に狩衣という貴族階級もいれば、直垂《ひたたれ》を着た庶民の姿もある。統一感のない人々が、数十人は狭い中にひしめき合っているだろうか。彼らは一様に文机《ふづくえ》ほどの盤を囲んでおり、随所に置かれた灯台がその顔を照らし出していた。

「何者だ」

にわかにざわつく人々だったが、検非違使や刀禰ではないことはすぐに判断できたのだろう。とはいえ、男装の童女を連れた袈裟姿の巨漢など、謎《なぞ》の闖入者であることに変わりない。

その中の一人……水干を着た髭面《ひげづら》の博打《ばくうち》が、やたら炯々《けいけい》と光る目を向けながら近寄ってきた。池辺は短い悲鳴を上げ、道満の後ろでさらに背を丸める。

「天眼の博徒とやらを出すがよい」

いくら凄《すご》まれたところで、博打の顔は道満よりも下にある。見下ろす形でそう言うが、男は小馬鹿にするような笑みを浮かべた。

「ほう、博奕に勤《いそ》しむ生臭坊主が、舎兄《しやけい》の名でも聞きつけたか？」

と、そこで道満の後ろに隠れる池辺を見つけたらしい。カモが新たなカモを連れてやってきたと理解したようだ。獲物に向ける視線を道満に投げつけた後、部屋を仕切る几帳の奥に向かって叫ぶ。

「舎兄！」

その呼びかけに応《こた》えるようにして、一人の男が姿を現した。

双六盤を囲んでいた人々の間に、緊張が走ったのが分かった。

悠然とした足取りでこちらに向かってくるのは、水干を着た長身の男だった。

鋭角的な顔の輪郭に、尖《とが》った鼻先、吊り上がった眉という険のある顔つき。糸を引いたような目は、まるで感情が読み取れない。下手《へた》な仏師が適当に彫り上げた、魂の籠《こも》っていない仏像のような男である。

これが天眼の博徒かと、道満は理解した。相手に手の内を暴かれないという点で、感情の読み取れない顔は博徒にとって大いなる武器だ。

「法師殿がどういったおつもりで、このような吹き溜《だ》まりに？」

薄い唇から放たれた声にも、まったく感情がない。慇懃な口調だが、それが嫌味なのか、本当に法師姿の男がこんな場所を訪れたことを訝しんでいるのかすら分からない。

天眼の博徒と相対した道満は、彼と対抗するように平淡な口調で言い放つ。

「池辺の代理だ」

そもそも、縹帽子で顔を覆っている道満とて、傍《はた》から見れば感情の読み取れない不気味な存在だろう。ある意味では、似た者同士の二人の視線が交わった。博徒はその一言で道満の事情を理解したのか、後方の池辺を一瞥する。

「一晩でその男と、愚かな甥の負けを返せるとでもお思いで？　頼みとあらばお相手はいたしますが……」

博徒の言葉が終わらないうちに、道満は懐から皮袋を取り出し、その足元に投げつけた。袋の口から大量の銅銭が零《こぼ》れ落ちる。

周囲の人々はざわつき、髭面の博打が目を見開く。天眼の博徒は表情一つ変えず、足元にまき散らされた銅銭を一枚拾い上げた。道満は双六盤を囲む人々を跨《また》ぐようにして奥へと歩みを進め、空いていた盤を顎先で示す。

「これだけ賭ければ、一勝で返せる程度の金額だろう。御託はよい、疾くはじめようぞ」

その言葉に、博徒は初めて口の端を持ち上げた。彼は散らばった銅銭を髭面の博打に集めさせると、空いていた盤の前にある円座に腰を下ろした。

合計二十四の枡《ます》に分けられた盤の上に、白と黒の駒がそれぞれ十五個並んでいる。あとは賽が二つあれば成立する、非常に簡素な遊戯だ。博徒は視線だけで、正面の円座に道満を促す。

しかしその場に腰を下ろしたのは、道満ではなかった。

道満はもの珍しそうに周囲を見回していた鵺を、博徒の正面に押しやった。彼女は指貫袴《さしぬきのはかま》の裾をもたもたと捌いてから、円座にちょこんと座る。

しばし、邸の中を沈黙が支配した。鵺と天眼の博徒、対照的な無表情同士が、その空気の中で相対している。道満は鵺の横に腰を下ろし、平然と告げる。

「誰も私が池辺の代理とは言っていない。賽を振るのは、この者だ」

刹那、周囲から笑い声が起きた。髭面の博打だけが顔を真っ赤にして「馬鹿にするな」と道満につかみかかろうとする。

だが、それを止めたのは天眼の博徒であった。瞬間、周囲の笑い声も引いていく。獅子搏兎《しはくと》ということかと、道満は几帳面に駒を並べ直す男の指先を見つめる。

天眼の博徒は対戦者が年端もいかぬ童女であることなど気に留めていない様子で、振り筒に入れた賽を取り出す。そして、それを鵺の小さな手に渡した。眉根を寄せる鵺の手から二つの賽をひったくり、道満は目を細めた。

獣の骨から削り出されたと見られる賽は見事な立方体で、重さの偏りもない。何度か振ってみるが、どの目もまんべんなく出るような均衡を保っている。たっぷりと調べてから、道満は賽を盤に置いた。

「……さすがに、天眼の博徒と呼ばれるだけある。それなりの矜持《きょうじ》はあるということか」

道満の呟きなど耳に入っていないように、博徒は賽を振り筒に入れた。彼は賽に細工がされておらず、イカサマがないことを証明するため、対戦者に賽を検分させたのだ。

それだけ勝負に自信があるということなのかもしれないが、どうやら単に世間知らずの公達や、その近親者をカモにして賭け金を搾り取るだけの集団ではないようである。

「では、はじめようぞ」

どこか厳かな博徒の声に、周囲の空気が張りつめた。今まで己の勝負に興じていた人々も手を止め、こちらの盤の周りに集まってくる。

博徒が丁寧な所作で一礼する。鴒も総角結《あげまきむす》びにした組紐を揺らしながらぺこりと頭を下げた。気が抜ける光景だが、博徒は気にした様子もない。

まずは先手後手を決めるため、互いに一つずつ賽を振る。出た目は鴒が三、博徒が六。先手の黒を博徒が取る形となった。

博徒は振り筒に賽を二つ入れ、盤に打ちつける。振り筒が上げられた瞬間、髭面の博打がにやりと笑んだ。

「初手から重五《でっく》か、幸先が良いぞ」

盤の上で静止した賽の目は、二つとも五。ぞろ目が出た場合は、もう一度賽を振ることができる。次の目は一・三……合計十四の数字を、自分の駒に割り振って進められる。

双六盤は上下のそれぞれが十二区画に仕切られており、中央に分離帯の線が引かれている。黒側の陣地は下段の一から六の区画となり、反時計回りに動かして行った駒をその陣地にすべて収めることができれば入勝となる。

博徒はわずかな思案の間だけを置いて、すぐに駒を進めた。複数の駒を動かし、一つの区画に二つ以上の駒を置いた状態で初手を終える。定石通りの出だしだ。

盤双六では、相手の駒が一つだけある枡に自分の駒を止めると、相手の駒を振り出しに戻すことができる。これを「上げる」といい、上げられた駒は次の手で動かさなければならない。

ただし、二つ以上相手の駒がある枡に、自分の駒を止めることはできない。自分の駒を守りつつ、いかに相手の駒を上げるかを常に思考しながら、幾通りもある駒の動かし方を決めなければならないのだ。

後手の鴇は小さな手で振り筒をカラカラと振り、慣れない手つきで盤に押しつけた。出た目は五・二。すると鴇はじっと盤を見つめ、動きを止めた。

あの、頭の中の分厚い経典をめくる時と同じ目だ。わずかな沈黙の後、鴇は路傍の石を徒《いたずら》に転がす童のような動作で白い駒を動かした。

博徒の次手、鴇の次手と続くが、盤上に大きな動きはない。どちらの駒も上げられず、じりじりと駒が前進している。先ほどまで固唾《かたず》を呑んで見守っていた周囲の空気が、若干弛緩《しかん》するのが分かった。つまらない勝負だと思われているのだろう。

だが、道満は盤上を見つめたまま唸《うな》った。

違う、動きがないのではない。互いに隙がないのだ。

博徒の表情は動かないが、微かに糸のような細い目が眇《すが》められたのが分かる。鴇はというと、初めて読む経典に目を通している時と同じ顔つきで、盤上をじっと見つめている。

再び、博徒が四のぞろ目……朱四を出した。盤双六は大きな数を出せばいいというものではないが、駒に割り振れる数字が大きいほうが、よりたくさんの手を考えることができる。博徒はまるで己の体の一部であるように駒を動かしていく。

次に鴇の出した賽の合計は十一。彼女は思案すると、一つだけぽつんと残されていた博徒の駒を上げた。周囲から嘆息が聞こえる。

博徒は次の手で、振り出しにまで上げられた自分の駒を動かさなければならない。しかし博徒は慌てることなく駒を動かし、逆に自陣入り間近であった鴇の駒を上げた。

守りが疎かになっていた枡だ。身を乗り出している髭面の博打が、表情を変えない博徒の代わりとでもいうように笑みを浮かべる。

「うう、法師殿……私はもう見ていられません……」

道満の背後で、池辺が情けない声を上げる。年端もいかない童女に自分の賭け金の肩代わりをさせているだけでも居た堪《たま》れないのだろう。池辺には構わず、道満は一進一退を繰り返す白と黒の駒を見つめる。

「博徒が残していた一つだけの駒、あれは罠《わな》だったのだろうな。だが……」

鵺が、ようやく慣れてきた様子で振り筒を盤に押しつける。出た目は一・二。合計数三は、一のぞろ目がもう一度賽を振れる以上、最低の数だ。

しかし鵺は、三枡先に残されていた黒の駒を確実に上げた。鵺は自分の駒を一つ犠牲にし、結果的に相手の駒を二つ上げたのだ。

読んでいたのか、偶然か。博徒の眉が、わずかにはねる。

いや、鵺は読んでいた……博徒が張っていた罠を利用し、逆に相手を罠にかけた。無論、罠と意識はしていないだろう。ただ鵺は、あの手が最良であると判断しただけだ。

攻防は進む。博徒は白の駒を上げようとしたが、思い直したように手を止めた。賽の目を自分の駒に割り振り直し、一つだけ黒い駒が残されていた枡に自分の駒を進める。

天眼の博徒が、攻めではなく守りに入った。勝負の流れが微かに変わるような風が吹いたことを、道満は感じ取った。

鵺が出した目は、三・五。合計八の目を二と六に割り振って二つの駒を動かせば、黒の駒を二つも上げることができる目だ。

しかし、鵺はすぐ駒に手を伸ばすことはしなかった。しばし熟考した後、一つの駒に八の数すべてを割り振って、自陣に入れるほうを選ぶ。

「……なぜ今、博徒の駒を二つ上げなかったのです？」

道満の背中から勝負の行方を覗き見ていた池辺が、ぼそりと呟いた。おそらく池辺であれば、なにも考えずに意気揚々と二つの黒い駒を上げたことだろう。

「おそらくだが……下手に黒を二つ上げて振り出しに戻すと、相手の振り出し地点に残されている白い駒をまとめて上げられる可能性がある。すべての数を一つの駒に集中させ、確実に自陣に入れるほうが得策だと判断したのだろう」

道満とて、その判断は憶測だ。もしかしたら鵺は、さらなる先を読んだ上での行動だったのかもしれない。

盤の上は混迷を極め、周囲の見物人も呼吸を忘れたように駒の行方を見守っている。自陣に入っていない駒の数が少なくなればなるほど、進退を繰り返す心理戦に突入する。博徒も上げられるはずの白い駒を無視し、自陣に特攻していく。

その一方で鵺は一度動かした駒を止め、小さく首を傾げると、自陣に入った駒をわざわざ戻した。数を割り振り直し、謎の配分で駒を動かし直す。

「……今のは？」

「……知るか」

池辺の問いに、正直に吐き捨てる。もうすでに鵺の思考は、道満も理解できない段階に踏みこんでいる。

それは天眼の博徒とて同じだろう。表情こそ崩れていないが、今まで微動だにせず膝に置いていた右手で、しきりに顎を撫でさすりはじめた。

博徒と鵺は互いに駒を自陣に引き寄せながら、二十四の桝目をじっと見つめている。一見したところでは、どちらかが突出して有利というわけではない。勝負も終盤である。一つの判断が勝敗を分ける場面だ。

そのことを理解しているのかいないのか、振り筒を上げた鵺が自分の出した目をじっと見つめた。大きな目は灯台の光を反射させ、瞬《まばた》きすら忘れてしまったかのようだ。

「鵺は今、考えうる限りすべての手を読んでいる」

道満が呟き、池辺が唾《つば》を飲みこむ音が聞こえる。

「まさか……あんな童女に、そのようなことが……」

「私を誰だと思っている、陰陽師ぞ？　あれは、私の式神よ」

道満は喉の奥で笑った。池辺は理解の範疇《はんちゅう》を超えた光景に、ぽかんと口を開けている。

ようやく、鵺が動いた。上げられる黒い駒を無視して一つを自陣に押しこみ、もう一つを手前に残っていた一つの駒の枡目に止め、さらに最も奥に位置する駒を一つだけ進める。次に賽を振った博徒も熟考したが、不意に視線を上げた。

瞬間、その唇が上がったように見えたのは気のせいだったか。

初めて博徒は円座の上で、足を崩した。周囲のざわめきをよそに、鵺が振り筒を盤に押しつける。目は……重五、博徒が初手で出した目と同じだ。鵺はすぐに駒を動かす。じりじりと自陣に引き寄せていた白い駒が、その一手ですべて白陣に収まる。

「――入勝でございます」

張り詰めた空気を切り裂くようにして、鵺の高い声が響き渡った。

髭面の博打が後ろに両手を付き、「なんと」と戦慄《わなな》く。次の瞬間、周囲の人々から感嘆の声が上がった。

彼らからしてみれば、どちらが勝とうと自分たちの懐には関係がない。面白いものを見たと言わんばかりに、手を叩く者まで現れる。池辺はというと、道満の後ろで念仏などを唱えていた。

天眼の博徒は負けを確信した際に一瞬だけ見せた笑みもすぐに消し、勝負の決まった盤上をなおも見つめていた。黒の駒も、自陣に収まるまであと一歩といったところだ。実力伯仲の勝負であったことは間違いない。

「さて、博徒に二言はあるまい。この勝負で、負け分はすべて返したぞ」

道満は立ち上がり、双六盤の傍らに置かれていた自分の銅銭袋をさっさと回収した。

博徒がその様子を一瞥する。

「まこと、おかしき法師陰陽師よ。私がイカサマをする……あるいは勝負に勝ったとしても、その約定《やくじょう》を反故《ほご》にするという可能性は考えなかったのか？」

「いいや。そもそも池辺殿の甥から金を搾り取りたいだけなら、負けた賭け金だけの回収などという律儀なことはせず、莫大《ばくだい》な金を吹っかけて強請ることもできただろう。それをせず、純粋に博奕の勝負でけじめをつけさせようとする……お前は確かに、天眼の博徒と呼ばれるにふさわしい矜持を持つ男だ。ある意味では己の責務を放棄し、矜持を捨て去った漏刻博士などよりも好ましい男よ」

双六賭博自体はもちろん褒められたものではないが、その世界の中での矜持を持つ者は単純に好ましい。道満自身が違法の存在であるゆえに、なおさらの共鳴を感じてしまうのは道理であった。

「我々が検非違使にこの場所を密告しても、なんの得もない。お互いここで起きたことはすべて内密にし、金輪際関わらぬことを約束しようではないか」

道満はそう告げると、用事は済んだとばかりに鵺を促した。博徒は立ち上がる鵺に視線を向ける。

「……それは残念だ。いずれまた、その童女と勝負してみたかったものだが」

実に博徒らしいその言葉に、道満は軽快に笑った。時刻も時刻で眠たそうな鵺の頭に手を置き、いまだに放心している博打や周囲の人々を見回しながら告げる。

「天眼の博徒よ、確かにお前は博徒に必要な心・物・手・勢・力・論・盗・害をすべて備えていたかもしれん。だが、それは鵺の突出した心と手のみに押さえられたということだ。鵺に勝ちたいというのなら、さらに精進《しょうじん》するとよい」

「そして、それ以外の六つはすべてお前が備えていたということか？　食えぬ男よ」

そう言うと博徒は、鋭い視線を道満の後ろにいる池辺に投げかけた。蛇に睨まれたように烏帽子の頭を抱える池辺に、淡々と言い捨てる。

「約定は約定である。久しぶりに面白い勝負をさせてもらった。貴殿の甥御の負け分、確かに返してもらったぞ」

天眼の博徒はそう言うと、現れた時と同じように緩慢な足取りで、几帳の向こうへと消えていった。周囲はざわめき、道満たちを遠巻きに見つめている。その視線に構わず、道満は鵺を連れて、悠然と夜の都へ戻っていった。

まるで高貴な姫君の残り香のように、鵺の鈴の音だけが、賭場の中に鳴り響いていた。

「ああ、法師殿に鵺の君……ありがとうございます。これで甥も救われました。なんと御礼を言ったらいいか……」

賭場の門扉を出るなり、池辺が地面に這いつくばった。袈裟にすがりつかんばかりの男を、道満は鬱陶しそうに払いのける。

「知っての通り、双六賭博の違反者は現職解任の上、俸給没収だ。だが、私は優しいので黙っていてやろう。そのかわり内裏の者たちには、部下が騒ぎ立てていた『時を操る鬼』は見事に芦屋道満が祓った。彼はかの安倍晴明に匹敵する稀代《きたい》の法師陰陽師である……と、ことあるごとに伝えるがよいぞ」

これで結果的に漏刻の乱れはなくなるのだろうから、鬼を祓ったも同じだ。顕光にもそう報告しておけば満足するだろうし、決して嘘ではない。

しかし池辺は目頭を押さえながら、予想外のことを口にする。

「いいえ、私が自分の都合で、帝の公務にも関わる内裏の時刻管理を疎かにしたことは事実。今までの怠慢を陰陽頭に洗いざらい白状し、漏刻博士の立場を退く考えでございます。かくなる上は寺に出家し、余生は仏門に帰依《きえ》することで罪を償う所存で……」

「おい、貴殿が真面目だとは噂に聞いていたが……そこまで己を追い詰めることもあるまい。庇いだてをされた甥も寝覚めが悪いだろうし、一人残る妻の気持ちも考えるがよい」

道満は、うずくまる池辺の肩に手を置いた。彼の余生がどうなろうと、親族が心配しようと知ったことではないが、池辺は陰陽寮に所属しているからこそ利用価値があるのだ。出家などされたらたまったものではない。

道満の打算的な考えなどに気づくはずもなく、池辺は感極まったように声を震わせる。

「なんと、私のような咎人《とがにん》に、そんな優しい言葉をかけていただけるとは……最初は胡散臭くて小賢《こざか》しくて乱暴で、なんとも信用の置けない怪しげな生臭坊主だと思っておりましたが、とんでもない誤解でございました……」

実にひどい言われようだ。この男、気弱そうな顔をして腹の底ではそんなことを思っていたのかと縹帽子の中で顔を引きつらせる。

「しかし、こんな汚れた私には、すでに悪鬼が憑いていることでしょう。逆に妻や甥にも迷惑をかけてしまうかもしれませんゆえ……」

「鬼などおらぬ」

消え入りそうな池辺の言葉に、道満はぴしゃりと返した。

池辺は顔を上げ、窺えるはずもない道満の顔を凝視する。

「鬼を祓う法師陰陽師が、実におかしなことを……それでは、貴殿は一体なにを相手にしているとおっしゃるのですか？」

「少なくとも、鬼ではない。怪異でもない。すべての事象には、理由がある」

「その理由というものが……鬼や怪異なのではないですか？」

病も、天災も、そして悪事に染まる人の心も……すべては鬼の仕業、怪異の所行。それゆえ人々は、唯一怪異に対抗できるとされる陰陽師を頼る。暦を読み、方違《かたたが》えを信じ、霊符を掲げる。それがこの世の摂理、決して覆せぬ真実。

しかし道満は、それを一蹴するかのごとく断言した。

「違う。私はそれを証明するために、陰陽師になったのだ」

いつになく厳しい口調に、池辺が押し黙る。道満は闇の中で踵を返した。己にでも言い聞かせるように呟きながら、沓の底を鳴らして歩きはじめる。

「私は、芦屋道満――怪異を信じぬ陰陽師だ」

闇の中では一尺先も見えず、縹帽子で遮られた視界は狭い。しかし、隣から聞こえてくる鵼の鈴の音だけは確かだ。

「道満様、盤双六は実に面白いものでした。駒と盤を作り、一緒に興じましょう」

「断る。私は、負けると分かっている勝負は絶対に受けんのだ」

鵼の言葉に苦々しく答えて大路に出るが、乗ってきた牛車は影も形もなかった。闇を恐れた牛飼童が、勝手に堀河院へと帰ってしまったのだろう。

「やれやれ、また徒歩で帰らぬといけないな……おい鵼、寝るんじゃないぞ。負ぶってなどやらんからな」

右京から河原院までは、それなりに遠い。道満は大あくびをする鵼にそう釘《くぎ》を刺すと、夜の大路を闊歩《かっぽ》しはじめた。
鬼も闇も恐れぬと豪語する男と娘が、重たい夜をかき分けるようにして進んでいく。
一切の躊躇《ためら》いも、逡巡もなく。
その姿は都の貴族たちが心より畏れる百鬼夜行のごとく、都の闇へと消えていった。

三　名も知らぬ君よりの文

目の前で、炎が逆巻いていた。

ちりちりとした熱と火の粉を孕《はら》んだ風が、幼く柔らかい肌を焼く。

水が欲しかったが、叶《かな》わぬ願いだと分かっていた。熱いのか痛いのかも判別がつかなくなった体を引きずりながら、どこからか聞こえてくる童女《わらわめ》の泣き声に耳を澄ませる。

絶命寸前の小動物のように弱々しい声の居場所を必死に辿《たど》っていると、焼け落ちた木の柱と地面の間から、びくりとも動かないあかぎれの手を見つけた。

母の手だ。絶命は明らかだった。小さな声は、その下から漏れ聞こえていた。

——雪！

呼びかけると、泣き声が一層強くなった。燃える柱の下に腕を伸ばすと、白い手が力なくそれをつかんでくる。

崩れた柱と母との間にできた、わずかな隙間で息をしていたらしい。母は雪を腹の下に抱えて庇《かば》い、死んだに違いなかった。骸《むくろ》と化した母の下に潜りこみ、雪の小さな体を引きずり出す。

粗末な摺衣《すりごろも》を被《かぶ》せた雪を、背中に負う。年端もいかない童女とはいえ、まだ成長途上の体にその荷は重たい。わずかに残された気力だけで立ち上がり、断腸の思いで母の亡骸《なきがら》に背を向けた。炎から逃れようと必死に駆ける。

燃え広がった炎は乾燥した田畑を舐《な》めるように広がっていたが、崩れた東屋《あずまや》を中心に延焼していることは明らかだ。先般まで、母と雪と自分の三人だけでつましく暮らしていた場所。こんな真夜中の丑三《うしみ》つ時《どき》に、母が火を使うことなどありえない。誰かが火を放ったに違いなかった。

奥歯を嚙《か》みしめる。感覚を失《な》くした皮膚が熱を帯び、刺し貫くような痛みを持ちはじめる。背中にしがみついてくる雪に向かって、掠《かす》れた声で呟《つぶや》く。

――正岸寺まで逃げよう。智徳《ちとく》法師様なら、きっと助けてくださる。

子供の足には酷な距離だったが、もはや頼れる場所はそこしか残されていなかった。足を引きずって歩き出す。ふと頭上を見上げると、今にも降ってきそうに星が瞬《またた》いていた。手を伸ばせば、ざらざらとした感触すら伝わってきそうだった。

播磨の星空だ。あまりにも澄んだ空は星読みに最適とされ、この地は陰陽師たちが暮らす里となったという。都の粘ついた夜とは違う、限りなく透明な暗闇。いや、おかしい。自分はまだ、この播磨国の外へ出たことなど一度もないというのに……

朦朧《もうろう》とする意識の中、赤々とそそり立つ壁のような炎に背を向ける。しかしその前に、一列に点々と並んだ明かりが現れた。

一つ、二つ……まるで人魂《ひとだま》のように次々と浮かび上がる。炎と炎に挟まれる形になり、呆然《ぼうぜん》と立ち止まる。

それぞれ手に松明《たいまつ》を掲げた者たちが、幼い二人の前に立ち塞がる。彼ら一人一人の顔を判別することなどできず、それはまるで一つの巨大な影のようであった。その真っ黒な影が、こちらに数多《あまた》の腕を触手のように伸ばしてくる。

——その娘を渡せ。

——その娘は鬼の子よ。

じりじりと、黒い壁は距離を縮めてくる。後方は炎の海だ、どこにも逃げ場はない。背中に負った雪の重みと体温を感じながら、痛みに麻痺《まひ》した顔を引きつらせる。瞬間、幼い心の内を掻《か》き毟《むし》るかのごとく湧き上がってきたのは、恐怖ではなく怒りであった。

一つに融合した巨大な影の中心から、一際大きな影が一歩を踏み出した。白地臥蝶《ふせちよう》の袍《ほう》に紫無紋の指貫《さしぬき》。渦を巻く熱風に、直衣《のうし》の襴《らん》が翻る。立烏帽子《たてえぼし》の下にある顔は見えない。ただ、かすかに覗いた唇が動いた。

ばけものめ——そう吐き捨てたようだった。

なにがばけものだ、火を放ったのはお前たちだ。母を焼き殺し、この顔を焼き落としたのは、目の前にいる蠢《うごめ》く影たちだ。悪鬼はお前たちではないか……

焼かれた片目が、暗闇に閉ざされていく。わずかに残った視界の端で、立ち塞がる白い臥蝶の袍を睨《にら》み上げる。追い詰められた獣が上げる最後の咆哮《ほうこう》のように、熱風に焼かれた喉を震わせながら叫ぶ。

——雪は鬼ではない……人間だ！

最近、どうにも夢見が悪い。

凶事の前触れだろうか。らしくもないことを考えながら、道満はようやく臥所《ふしど》から起き出した。

いつものごとく、すでに陽《ひ》は天頂に近い。しばし不機嫌な顔で虚空を見つめた後、冬眠から目覚めたばかりの熊のようにのっそりと立ち上がる。

鵠の鈴は聞こえない。そうだ、今日は鵠がいないのだ。

井戸で顔を洗い、台盤所《だいばんどころ》へ向かう。甑《こしき》の中に鵠が蒸したらしい強飯《こわいい》が残っていたので、笥《け》に盛ってかきこむ。腹が膨れると、今日すべきことはすべて終わってしまったような気分になった。大あくびしながら簀子縁《すのこえん》に座りこむ。

十年近く耳にしていた、あの鈴が聞こえないのは久しぶりだ。

あれは鵠を拾って、まだ日も浅いころだ。市を歩いていた道満が後ろを振り向くと、鵺の姿が忽然《こつぜん》と消えていたことがある。

そもそも大男の歩幅に童女がついてこられるはずもないのだが、その時の道満がそんな気遣いなどできるはずもなかった。単純にはぐれたか、人攫《ひとさら》いにでも連れ去られたか、それとも逃げ出したか。

道満は往来に立ちすくんだまま舌打ちしたが、すぐに商人たちに童女を見なかったかと尋ねて回った。彼女の力を失うのは惜しいと考えたのだ。

しかし、陽が落ちても鵺は見つからなかった。野犬にでも食われたかもしれない。道満は仕方なく、その当時棲家《すみか》にしていた右京の東屋に戻った。

すると、中にけろりとした顔で座る鵺の姿があったのである。

それはそうだ、鵺は目にしたものすべてを覚えている。帰り道を辿ることなど、造作もないことだ。

その時覚えた安堵《あんど》が一体なんだったのかはいまだに分からないが、その一件があってから、道満は鵺に小さな鈴を買い与えた。鷹狩《たかが》り用の鷹につける鈴である。

それを頸上《くびかみ》の緒に結んでやると歩くたびにちりちりと音が鳴るので、鵺を置き去りにすることはなくなった。最初は耳障りだったが、どうやら慣れ過ぎてしまったようだ。

と、垣間《かきま》から何者かの視線を感じ、道満は咄嗟《とっさ》に顔を隠した。耳を澄ますと、しばらくしてから牛車《ぎっしゃ》の車輪《くるまのわ》が動き出す音が聞こえた。

奇妙な法師陰陽師とその式神《しきがみ》が棲《す》みついているという噂《うわさ》しかない河原院を垣間見《かいまみ》る物好きがいるとは思えないが……

いや、と道満は思い直す。自分はここに至るまで、相当の後ろ暗いことを行ってきた。先般の池辺漏刻博士《ときもりづかさ》の件などは、まだ窮地を救ってやったから良いほうだ。中原検非違使大尉《けびいしのだいじょう》のように、強請《ゆすり》の種をつかんでいる者も少なくない。

「……そろそろ注意を払わねばなるまいか」

いくら貴族の間では陰陽師が畏怖の対象になっているとはいえ、道満が多くの恨みをかっていることも事実だ。今の人影が何者かは分からないが、歓迎できる用事ではないに違いない。

さっさと唐櫃《からびつ》から衣を取り出し、身支度を整える。縹帽子《はなだもうす》を被ったところで、中庭から間延びした老人の声が響いた。

「法師様、法師様」

道満は顔をしかめた。現在の河原院所有者である坊主だ。そもそも得体の知れない道満たちがこんな内裏の近くに住んでいられるのは、数年前にこの坊主の依頼を受けたからである。その依頼というのも単に「この河原院にある壁に、人の顔が浮かび上がった。鬼の祟《たた》りに違いない」というくだらないものだったが。

もちろん、道満は鵺と共に板壁を平然と張り替えただけである。坊主が「人の顔」と称した雨漏りの染みがある古い板壁は剝がした後に庭で燃やし、鵺はその焚火《たきび》で干魚《ひざかな》を焼いてむしゃむしゃと食べていた。

そもそもこの坊主、半ば耄碌《もうろく》しているのだ。もはや、どういう経緯でこの河原院に巨漢の法師と男装の童女が棲みついているのかすら覚えていないに違いない。

道満が中庭に出ると、両手に大量の柿《かき》を抱えた老坊主の姿があった。

「これはこれは法師様。鵺の君が顔を出さなかったので、ここまで来てしまいました。鵺の君はどうしたのですかな？」

「鵺なら、今日から奉公に出ておる」

「ほーう。式神も奉公に出るのですな」

この坊主の面倒なところは、陰陽師も式神も恐れないということだった。初めて依頼をしてきた時には鵺をしげしげと眺めやり「可愛《かわい》らしい童ですなあ。法師殿の御子《おこ》で？」などと失礼なことを言ったので、道満はいつもの調子でこれは式神だと告げたのだ。しかし坊主は式神を見るのは初めてだと逆に喜び、こちらを辟易《へきえき》させたものである。以来、坊主は気が向いた時に河原院を訪れ、鵺のために果物やら唐菓子《からがし》やらを持ってくる。今日も坊主は「鵺の君に」と言って、道満の手に一つ一つ柿を渡しはじめた。仕方なくそれを受け取りながら、期待せずに聞く。

「ところで今しがた、この辺りに牛車が停《と》まっていなかったか？」

「ええ、立派な車でしたな。お若い公達《きんだち》が乗っていらっしゃいましたよ」

だが、存外に返事が戻ってきた。道満の腕の中に柿を積んでいく坊主の顔を見返す。

「若い公達だと？　顔に覚えはあるか？」

「まさか。私は単なる寺の老坊主ですぞ、殿上人《てんじょうびと》に知り合いなどおりません」

道満は首をひねった。若い公達などそれほどの利用価値はないので、特に恨みをかうようなことはしていないはずだ。

「ふん。大方どこかの御曹司《おんぞうし》が、目当ての女の邸《やしき》を間違えたといったところか。この邸に、垣間見るべきものなどなにもないからな」

「いやいや、この邸にも可愛らしい女性《にょしょう》がおりますからな、分かりませんぞ」

坊主の言葉に、道満は眉根を寄せた。すべての柿を押しつけ終わった坊主が門の外へと消えていったところで、ようやく女性というのが鵺を指しているのだと気づく。

鵺に対してそんな呼称を使うことに違和感があったが、確かに通常であれば、すでに裳着《もぎ》を迎えてもおかしくない年頃だ。鵺の正確な年齢など分からないが、拾った時に二つか三つあたりだったはずである。

そこまで考えて、道満は己の考えを振り切るように踵《きびす》を返した。あれは自分の式神であり、それ以上でもそれ以下でもない。そのために拾い上げ、ここまで育てたのだ。

道満の思惑通り、彼女は期待以上の働きをしてくれている。その存在は、これからも変わることはない。

台盤所に柿を置いて、臥所に戻ろうとする。と、荒れ放題の庭から不穏な影が跳躍し、几帳《きちょう》の向こうに消えていくのが見えた。

「……まさか、アレではあるまいな」

貴族たちが「鬼」という言葉を口にするのも恐れるように、冷や汗をかきながら呻《うめ》く。しかし一瞬だけ見えたあの影は、確かにアレであった。道満が唯一恐れる強敵――竈馬《いとど》である。

鴉に助けを求めようとするが、すぐにいないことに気づく。やはり一時でも式神が陰陽師の元を離れるなど、あってはならないことであった。道満は渡殿《わたどの》を右往左往しつつ、あきらめて台盤所に避難することにした。

結局のところ、あんな頼みなど断るべきだったのだ……道満は数日前の出来事を思い出しながら、情けない心持ちでため息をついた。

『時を操る鬼』を祓《はら》い、内裏に平穏を取り戻した……道満が顕光にそう報告したのは、天眼《てんげん》の博徒との対決からしばらく時を置いてからのことだった。

池辺漏刻博士は出家の道を選ぶこともなく、おとなしく公務に戻ったようだ。後で道満が、出家を思いとどまるように文をしたためてやったこともあるだろう。

その働きぶりは以前にもまして真面目《まじめ》なもので、部下である守辰丁《しゅしんちょう》たちも安堵したようだった。そして池辺は律儀なことに、『時を操る鬼』を祓ったのは播磨より都に上った法師陰陽師、芦屋道満であると周囲に話したらしい。

自分が犯した罪から人々の目を逸《そ》らそうという小狡《こずる》い考えがなかったとは言い切れないが、もともと周囲の信頼も厚かった男だ。皆がその話を信じ、道満の名は内裏でも囁《ささや》かれるようになったという次第である。

結果論に過ぎないとはいえ、やはり池辺を助けるという選択は正解であった。なにやら池辺はよく分からない気を回して「芦屋道満はかの安倍晴明にも匹敵する陰陽師だ」と嘯《うそぶ》いたようで、どういうわけか「道満は晴明の好敵手だ」と尾ひれがつき、さらに妙な方向にねじ曲がって「晴明と道満が対決し、辛くも晴明が勝利した」などと情報は混迷を極めているようだったが。

そして十分に噂が広まるのを待ってから、道満は顕光の邸を訪れた。そもそも『時を操る鬼』など実体のないものに過ぎないのだから、いきなり意気揚々と「退治しました！」と報告しても訝《いぶか》られて終わりである。

「道満よ！　此度《こたび》の働き、誠に見事であった。なにやら晴明と並び称されるほどの噂になっているではないか。お主を召し抱えている私も、鼻が高いというものよ！」

案の定、単純な顕光は奥の間に道満を通すなり、踊り出さんばかりに喜んだ。簡単なものである。

「とんでもございません。鬼を祓い、人々の心に安息をとりもどすことが私の責務ゆえ。今後もなにかございましたら、なんなりとお申しつけくだされ」

「うむ。ではさっそく、一つ頼みがあるのだ」

この御世《みよ》、有能な陰陽師を求めている貴族など腐るほどいる。これでしばらく、仕事にはことかくまい。道満は、そう内心でほくそ笑む。

「お主、なにやら不思議な童女《わらわめ》を連れ歩いているようだな」

しかし、顕光が口にしたのは予想外の言葉だった。

道満は頭を下げたまま、動きを止める。鴗はまだ出すべき手の内ではないと、外に待たせてある。だが、広まっている噂の中には鴗の話も含まれているのだろう。どう返事をするのが最善かと思案する道満をよそに、顕光は話を続ける。

「実は、元子《げんし》……おっと。堀河大君が、あの者に非常に興味を持っているのだ」

うっかり諱《いみな》を口にしてしまったことはともかくとして。道満の脳裏に蘇《よみがえ》ったのは、初めてこの堀河院を訪れた時に見た、燕子花《かきつばた》の細長だった。臆することなく鴗に話しかけ、陰陽師になりたいなどと言っていた姫君だ。

「どうもあの女童を、お主の式神だと思いこんでいるようでな。色々とお話を聞きたい、たとえ式神だとしても、女人《にょにん》なのであれば会っても問題ないではないかと駄々をこねはじめる始末だ。世話をする女房も、呆《あき》れかえってしまってな……」

「そのような恐れ多いこと……そもそもあれは下賤《げせん》の者で、姫君とお話などできる立場では……というより本物の式神……」

突然のことに、自分の中にある鶍の設定自体が曖昧《あいまい》になってきた。ここは式神だと押し通したほうが良いのか。いや、それでは顕光と大君にさらなる混乱を招く。

「私も、可愛い娘の願いを無下《むげ》にはできんのだよ。しかも噂によるとあの童女、大層賢いとのことではないか。どうかあの娘を、大君の話し相手にしてやってはくれぬか？」

顕光が二人の娘に甘いとは聞いていたが、こう来たか。やはりあの時、たとえ無礼に当たろうと、もっと早く大君から鶍を引きはがしておくべきだった。

若い娘が女房として、歳《とし》の近い姫君の元へ奉公に出ることはよくある話だ。いくらなんでも裳着を終えてからになるが、鶍はそういった貴族の風習の範疇《はんちゅう》外にある存在だ。要するに前例がない依頼なので、どう対応していいかさっぱり分からない。

それに、果たして鶍は堀河大君の話し相手になるだろうか。

確かにこの十年で、道満は鶍に対して陰陽道の知識はもちろんのこと、紀伝道・明《みょう》経道《ぎょうどう》・明法道《みょうぼうどう》・算道に至るまでの英才教育を施してきた。だが、それらは本来であれば男児が身につけるべき教養である。

鵜の能力は常軌を逸したところにあるが、彼女には自分以外の人間と交歓する能力が著しく欠けていた。特に己の感情を表現すること……女児が身につけるべき一番の教養である和歌を詠むことなどに関しては、最も苦手とするところだ。この十年間、道満自身が鵜をそう教育したともいえる。

顕光も大君自身も、鵜を漢文の教育係として採用したいわけではないだろうし、ほかの女房から疎《うと》まれる恐れもある。それは道満自身の評判を落とす要因にもなるだろう。

……だがこれは、逆に千載一遇の好機かもしれんな。

計算高い道満は、一旦熟考した。この状況を利用することも、不可能ではない。

市井から内裏まで平気で出入りしている道満が、唯一足を踏み入れることのできない場所……それが女房たちの世界である。

時間を持て余している女房たちは、周囲はもちろん内裏の後宮で繰り広げられる人間関係の掌握に長《た》けていた。どこの姫君がどこの公達と文を交わしている。どこの姫君はたいそう美しいが、まだ想《おも》い人《びと》はいないようだ。どこの姫君は醜《しこめ》女だが世にも美しい歌を詠み、流麗な文字を書くので多くの男たちが騙《だま》されている……など。

宮中を支配する恋愛遊戯は、時に内政すら左右する。内裏の勢力図は女御《にょうご》や更衣《こうい》、そして女房らの噂話が牛耳っていると言ってもいい。

己が貴族の身……少なくとも並みの男であれば、適当な文をその辺の折枝に括《くく》りつけて文使いに渡し、女房たちとの世界を隔てる御簾《みす》の隔たりなど容易に越えられるだろう。後宮七殿五舎の有力な女御から、褥《しとね》で直接情報を得れば良いのだ。

だが、あいにく道満はこの風貌である。相手にしてくれるのは、市井の遊女《あそびめ》止まりだ。貴族の姫君に興味はないが、最も有益な情報の溢《あふ》れかえる場所が、不可侵領域となっていたことは事実だ。

しかし鷂は、一度聞いたことや見たものを決して忘れない。彼女を女房たちの世界に潜りこませることは、今まで耳から滑り落ちていた情報をつかむのには非常に都合が良いのではないか。

貴族でもない自分が内裏の深くに潜りこむには、利用できるものはすべて利用するしかない。そう己に言い聞かせ、道満は顕光に告げた。

「堀河大君のお話し相手など、身に余る光栄にございます。あの童女の名は、鷂の君……ご希望の日より、奉公に向かわせましょう」

姦《かしま》しい雀《すずめ》の群れの中に鷹を放つような心持ちで、道満はそう承諾した。貴族どもが興じている鷹狩りなどよりも、よほど高尚な遊戯だと思いながら。

「鷂、堀河大君の元へ奉公に出ろ。そして、その場で得た話を私に報告するのだ」

堀河院から戻ってすぐ、道満は鴇にそう伝えた。

道満の命令であれば基本的に逆らうことのない鴇は、もちろんいつも通り「はい」と返事する。しかし鴇も、その命令が今までとは異なる類いのものであることにすぐ気づいたようだ。

あからさまに不満の言葉を口にすることはなかったが、「女房装束を着るのですか」「牛車に乗るのですか」と聞き、さらに「道満様と離れるのですか」と確認してきた。

だが、特段不安の表情を見せているわけではなかったので、道満は「そうだ」と告げるだけに留《とど》める。

「私は女房の世界には踏みこめぬし、ましてや姫君と話すことなど到底敵《かな》わん。これはお前にしか任せられない、大事な仕事なのだ」

仕事という言葉に、鴇は無表情で頷《うなず》いた。

そうして奉公初日の朝を迎えたわけだが、早くも道満は辟易していた。床に広がった単《ひとえ》やら袿《うちき》の山を乱暴に踏みつけるようにして、ぶつぶつと漏らす。

「まったく、女房装束というのは何枚あるのだ……こんなもの、着るだけで半日が終わるぞ。脱ぐのに半日だ、着替えだけで一日が終わる」

貴族の女性は何枚もの単や袿を羽織るが、適当に着ているわけではない。季節や向かう場所に合わせて重ねる衣の色を組み合わせ、美しさの優劣を競うのである。

単や袿は、池辺漏刻博士の妻が若いころに着ていたものを拝借した。上級貴族は着古した衣類を下級貴族に譲ることが多い。要はお下がりのお下がりだが、体裁が整えばそれで良いのだ。

「鵺、襲《かさね》の色目の知識ぐらい頭の中にあるだろう。おかしくない取り合わせを選べ。私にはさっぱり分からん」

道満は考えることを放棄して、一枚の単姿で色とりどりの布の海に突っ立っている鵺にそう告げる。すると彼女は口を尖《とが》らせ、はじめて不満をこぼした。

「こんなに着たら動けません。狩衣《かりぎぬ》で奉公に行ってては駄目なのですか」

「我慢しろ」

道満はぴしゃりと言い捨てる。よもや、男装のまま姫君の相手をさせるわけにはいくまい。堀河大君は、いずれ一条天皇の元に入内《じゅだい》する身だ。その前に、若い男と親しげに話していたなどという噂が立つのもまずい。

女房装束では徒歩《かち》で移動することもままならないので、当然移動は牛車だ。迎えは顕光が毎朝手配してくれるというが、鵺は牛車も気に入らないようである。

しかし、そんな不平不満などいちいち聞いていられない。どうにかして女房装束の体裁を整え、着慣れない単と袿に拘束された鵺を迎えに来た牛車に押しこむ。道満は物見窓から顔を覗かせる鵺にしっかりと言い含めた。

「仮にも権中納言の姫君の元だ、まず心配はあるまい。危険という意味では、今まで私が連れ歩いてきた場所のほうがよほど危ないからな……洛外だの、賭場《とば》だのと」

鴾が頷くと、いつもの鈴の音が微《かす》かに鳴った。髪型も周囲に合わせるため、みずらは解《ほど》き、垂髪《すいはつ》にしてある。

狩衣の時に頸上の緒につけていた鈴は着替えの際に外そうとしたが、鴾はわざわざそれを括り紐《ひも》につけ直して髪を結った。彼女のこだわりは道満にも理解できないところが多いので、それぐらいは好きにさせてやる。

「お前は聡《さと》い、大君に対して失礼を働くこともないだろう。大君のお喋《しゃべ》りに耳を傾け、無難な相槌《あいづち》を打ち、周囲の女房たちの話に注意を払え。さあ、行ってこい」

鴾は頷き、道満から目を逸らした。それは単に、牛車が動き出したからに過ぎない。

だがその横顔を見た時、道満は妙な感覚に捕らわれた。まるで今までよく知っていた人間が、一瞬にして別人にすり替わってしまったような不安を覚えたのだ。

ただ、鴾が見慣れない女房装束を着て、髪型まで変えていただけのことだ。しかし動き出す牛車を見送っていると、鴾がこのまま自分の手の届かない所に行ってしまいそうな気がした。

道満は首を振り、万里小路の向こうに消えていく牛車を見送った。

鴇のいない邸は、妙に広い気がして落ち着かない。

酒でも飲んで寝ていようかと思ったが、まったく酔えない体質なので眠くもならない。おまけに臥所には、天敵である竈馬の気配がする。仕方なく坊主から大量に貰《もら》った柿などを食べていると、夕刻過ぎにようやく牛車が戻ってきた。

待ちかねたように出迎えるのも癪《しゃく》なので台盤所で待っていると、鴇が袿をずるずると引きずりながら戻ってきた。掃除の行き届いていない渡殿を通ってきたせいで裾に埃《ほこり》がまとわりついていたが、無事に戻ってきたことは喜ばしい。

「で、どうであった?」

鴇は一刻も早く袿を脱ぎたいようだったが、その場に立ったまま道満の問いに答える。

「堀河大君とはお会いできませんでした」

予想外の言葉だった。普段は邸を出ない姫君でも、物忌みで別邸に向かったり、牛車で遠出をしたりすることはある。しかし、どちらも急に出かけるような用事ではあるまい。そもそも顕光は、今日から奉公に来いと言っていたのだ。

「どういうことだ。では権中納言は、なんのためにお前を呼んだのだ?」

「権中納言様は、私を堀河大君の元へ通そうとしてくださいました。しかし、得体の知れない下賤の者を、姫君に近づけるわけにはいかないと、女房方に止められたのです」

道満は頭を抱えた。そのあたりは顕光がうまく女房を取りなしてくれていると思っていたのだが……忘れていた、あの男が無能者として名を馳《は》せていることを。自分の娘可愛さに、女房たちの承諾も取らずに鶕を迎え入れてしまったに違いない。

「そういうことか……では、今の今までなにをしていたのだ？　追い返されたのならば、早々に退出してくるだろうに」

「科挙のようなことをさせられておりました」

「……科挙？」

科挙とは、永きに渡って宋《そう》で行われている官僚登用試験だ。並々ならぬ教養を必要とする試験といわれ、その日程は数日間にも及ぶと書で読んだことがある。

「姫君のお話し相手になるにはそれなりの教養が必要であると、『文選《もんぜん》』や『白氏文集《はくしもんじゆう》』、歴史書の『史記』に、儒学書の『孝経』『毛詩』などを読まされたのです」

つまり女房たちは、勝手に鶕の採用試験をはじめたのだ。聞きしに勝る陰湿な世界だ。

しかし道満は頰杖《ほおづえ》をつき、退屈そうに聞く。

「それで、どうした」

「すべて暗唱いたしました」

当然のごとく答えられ、道満もなんの驚きもなく頷く。女房たちの啞然《あぜん》とした顔が思い浮かび、いい気味だと道満自身がやりこめたような爽快感《そうかいかん》まで覚える。

だが、危ないところであった。これが「雅《みやび》な歌を詠め」などという要求であれば、情緒や人の感情を表現することを大の苦手とする鶍は、女房たちの笑いものになっていただろう。

和歌や手習い、琴《きん》は女性の教養だ。女房たちは、こういった教養は鶍も身につけているかもしれないと踏んだからこそ、紀伝や明法、漢詩の問題をわざと出したのだ。それを理由に難癖をつけ、鶍を追い出そうとしたのだろう。だが、そのあたりの知識は鶍が最も得意とする分野である。

「女房どもの驚いた顔が目に浮かぶわ」

「はい。非常に面白い童女だ、明日から来るようにと仰《おつしや》っていただきました。中務《なかつかさ》様は、良い顔をしておりませんでしたが」

「中務様？」

「最も年嵩《としかさ》の女房です。お父上が中務卿に任ぜられていらっしゃるので、そう呼ばれております。帰り際にほかの若い女房から、あの方の機嫌だけは損ねることがないようにと念を押されました」

道満は険のある顔つきの女房を思い出した。おそらく、鶍と大君をいち早く引きはがしたあの女だろう。

『科挙』を実施したのも、その中務卿女《なかつかさきようのむすめ》とやらに違いない。自分が言い出したことゆえ、鶍を姫君の前に通すことを認めざるを得なくなったというわけか。

「まあよい。色々あったようだが、明日からは堀河大君の元に通してもらえるのだろう。お前がすべきことは変わらない。引き続き奉公に向かえ。ほかになにかあったか？」

「装束に季節感がないと非難されました」

道満はがくりと肩を落とした。こんな童女に嫌味を言うとは、本当に女房の世界というのは陰湿だ。

しかし、鵺は傷ついた様子もない。単に言われたことをそのまま記憶しているだけだ。そこが彼女の欠落した部分でもあり、強みでもある。道満は立ったままの鵺をようやく簀子縁に座らせた。

「仕方ないな、すべてお下がりのお下がりというのも不憫《ふびん》だ。右衛門尉から裁縫が得意な内裏の女房にでも頼んでもらって、新しく仕立ててやろう。何色がいい？」

もはや道満の中で章匡がなんでも屋になっているが、頼めば渋々融通を利かせてくれるのだから使わない手はない。その言葉に、鵺が少しだけそわそわしたように見えた。小首を傾《かし》げて聞いてくる。

「道満様は、何色がいいと思いますか？」

知るか。と言いかけたが、それではいつまでたっても会話が終わらない。女房に見繕ってもらうのが一番と思いつつ、適当に答える。

「……お前は若いのだから、今様色《いまよういろ》あたりがいいのではないか？」

「ではそうします」

平淡《へいたん》な声で「なんでもいいです」などと返してくると思っていた道満は拍子抜けする。だが、少しは奉公に対して前向きになってくれるのならそれで構わない。すぐに鴇は記憶の経典をめくる時と同じ無表情に戻った。

「ところで道満様。陰陽師の依頼はどうされるのですか？」

「法師陰陽師は休業中だ。私がいない間、酒と肴《さかな》を買う蓄えもあるしな」

鴇がいなくても仕事はできるが、この際しばらくは怠惰な生活をしてもいいだろう。童女が奉公している間に邸で酒を飲んでいる男など我ながらどうしようもないが、邸を覗き見る謎《なぞ》の牛車の存在もある。

いずれ、堀河大君も鴇に飽きるだろう。そうなれば単や袿の類いは処分し、また鴇には狩衣を着せて連れ歩けばよいのだ。

そして道満は、近いうちにその日が来るであろうと予測していた。

それは単なる願望なのかもしれなかったが、そのことには気づかないふりをした。


鴇は相変わらず、道満の命令に従順だった。

「堀河大君は、貝合せに使う貝殻をたくさん集めていらっしゃいます。特別に蒔絵《まきえ》の施された貝桶《かいおけ》を見せていただきましたら、たくさん綺麗《きれい》な貝殻が入っておりました」

夕刻に河原院に戻ってくると、堀河大君や女房たちから聞いた噂話だけではなく、自分が今日一日経験したこともこと細かに語ってくるのだ。

「摂津《せっつ》の君という女房と仲良くなりました。私の次にお若くて、とてもよく笑います。丸顔で可愛らしい方です。中務様に隠れて、こっそり唐菓子をくれるのです」

その報告は時に夜にまでおよび、道満は夕餉《ゆうげ》をかきこみながら「もうよい、その報告は私にとってなんの益にもならん」と制止する羽目になった。

「今日は堀河小君《ほりかわのこぎみ》もご一緒して、北の対《たい》で琴を演奏いたしました。私は一度も弾いたことがなかったのですが、大君の弾き方を記憶しまして、すぐに演奏することができました。摂津の君も驚いて、褒めてくださいました」

鴇は道満の杞憂《きゆう》をよそに、大君はもちろんほかの女房とも、きちんと意思疎通を図れているようだ。鴇が自分の知らない風景を見て、知らない人間と話をしていることに、道満は妙に落ち着かない感情を抱《いだ》いた。

「晴明様と道満様が呪術勝負をして、道満様が負けたことになっているそうです」

ある時などは道満の名前が女房の噂話に出たことが面白かったのか、いの一番にそう報告してきた。

「なんでも大柑子《おおこうじ》を十五個いれた長持をお二人の前に持って来させて『中身を占え』と

いうお題目だったそうです。道満様は『大柑子が十五個』と正しくお答えになったのですが、晴明様は『鼠《ねずみ》が十五匹』とおっしゃいました。ところが長持を開ける直前に晴明様が術で大柑子を鼠に変えてしまったため、中から鼠が飛び出し、晴明様の勝ちとなったということです」

人の口に戸は立てられないが、なに一つ真実の要素がない。鵺の報告はさらに続く。

「道満様が晴明様の妻を寝取って、それがばれて播磨に追放されそうになっているという噂もございました」

「……私にそんな趣味はない。晴明と私、どれだけ歳が離れていると思っている」

「噂では、道満様は晴明様と同年代ということになっていますよ」

確かに道満は誰にも自分の年齢など告げたことはないし、顔は常に縹帽子で隠しているが、声の調子で大体の年齢ぐらいは推し量ってほしいものだ。

「晴明様の噂は、女房たちの間でもよくされています。道満様以外の、播磨出身の法師陰陽師とも呪術勝負をしたと聞きました」

「ほう。私以外にも、晴明に匹敵されると噂になる播磨の法師陰陽師がいると？」

「はい。昔の話だそうですが、智徳法師様という方が自分の式神を連れて晴明様に勝負を挑んだそうです。智徳法師様は播磨国岸村出身の法師陰陽師で、海賊を法術で退治するなど、非常に強い霊力を持っていたそうです」

その言葉に、道満は動きを止めた。鴇はその様子に気づかず、話を進めている。

「ある時、智徳法師様は自分の式神を童の姿に変え、それが晴明様に見破れるかどうか試したそうです。晴明様が式神に気づく様子がなかったので勝ち誇って邸に戻りましたところ、童姿の式神がいなくなっておりました。慌てて晴明様の所に向かうと、すべてを見破っていた晴明様が式神を隠してしまっていたのです。智徳法師様は負けを認め、式神を返してもらったということで……」

つらつらと述べていた鴇が、黙りこくってしまった道満に視線を向ける。

「どうかされましたか？」

「いや……気にするな。まあ、私があの大陰陽師とほぼ同列に扱われていることだけでもよしとしよう」

話を戻すように、道満は膝を打つ。鴇は、大君と双六をしたものの天眼の博徒と行った双六賭博《とばく》とはやり方が違って驚いたという話に移っていた。

数日たったが、堀河大君が鴇に飽きる様子はなかった。ほかの女房たちも最初は鴇の存在を訝しんでいたが、今は摂津の君を筆頭にして可愛がってもらっているようだ。

ただ、中務卿女の話になると、わずかに鴇の報告が鈍る。おそらく彼女だけは、まだいい顔をしていないのだろう。

「今日は、とても興味深いものを読ませていただきました。内裏で評判になっております『枕』という読み物です。清少納言という方が書かれて、ようやくその写しを手にいれることができたということです」

「そんなくだらんものは読まんでいい」

「そうですね。少納言様は、法師陰陽師がお嫌いのようです。『見ぐるしきもの、法師陰陽師の紙冠《かみこうぶり》して、祓へしたる』などと書かれておりましたので」

道満はそう一蹴してから、ふと目を細めた。今の内裏は、どうやらかなりの混迷を極めているようだ。その中心にいるのは、無論のこと時の権力者、藤原道長である。

「清原元輔女《きよはらのもとすけのむすめ》か……中宮《ちゅうぐう》様の女房だな。今はなかなか難儀な立場だろうに、よくくだらんものを書き散らかす余裕があるな」

『枕』とやらを書いているのは、一条天皇の寵愛《ちょうあい》を一身に受けている中宮に仕える女房だ。しかし今、道長は裳着も終えていない自分の娘を中宮の座につけようと躍起になっているという。

帝《みかど》の後宮に女御や更衣は数多けれど、中宮の座はただ一つ。普通であればあきらめるところだが、道長は現中宮を失脚させ、自分の娘をその座に押しこまんと画策しているようなのである。清原元輔女のように現中宮の下に付く女房たちは、主《あるじ》を守ろうと必死になっているに違いない。

「権中納言はみずからを道長の政敵などと吹聴《ふいちょう》しているが、それは悲しいほどに一方的なものよ。道長が真の政敵は、中宮様にほかあるまい」

さらにややこしいことに、現中宮の兄である伊周は道長の甥御《おいご》である。道長が現中宮を相手取ることは、甥とも熾烈《しれつ》な争いを繰り広げることになる。あのあたりの政争は見ていて気分のいいものではないが、内裏の内部を把握するには避けて通れない情報だ。

「しかし、堀河大君はいずれ帝の元に入内されるのですよね」

「そうだろうな。だが、現中宮の立場は揺らぐまい。崩れるとすれば、それは道長の計略によるものだ」

いずれにせよ、顕光が内裏の勢力争いから弾《はじ》き出されていることは事実だ。道長は中宮と甥である伊周の排除に躍起で、無能な従兄弟《いとこ》の存在など歯牙にもかけてはいまい。

鵺が不思議そうな表情を見せる。

「なぜ貴族の方々は皆、自分の娘を入内させようとするのでしょう」

「もちろん、孫息子を東宮《とうぐう》にするためよ。一条天皇はまだ幼い。分別のつく年頃になったら退位させ、己の娘が産んだ幼帝を立てる。その補佐という名目で、政を己の手で良いように進めるという計略だ」

「ですが、堀河大君自身は入内を望んでおりません」

なにかの会話の折に、大君がこぼしたのだろうか。道満は、鵺の呟きに嘆息した。

「だがそれが、高貴な家に生まれた娘の宿命よ。お前のように、自由ではないのだ」

その言葉に、鶺は頷いた。組紐に結ばれた鈴が、静かに鳴った。

数日後、章匡を脅して……ではなく、頼んで顔を繋《つな》いでもらった裁縫好きの女房に仕立ててもらった袿が届いた。

明るい今様色の袿だ。流行の色という意味を持つだけあって、若い女房が好んで着る色のようである。裁縫好きの女房は気を回してくれたのか、丁寧な文までつけてくれた。

『今様色は桃の花のように淡く美しい色なので、春の襲によく使われます。しかし白と合わせれば「雪の下」と呼ばれる冬の色目となりますので、これから寒くなる季節でも十分に着られるものになるでしょう』

世話好きの女房らしい、しっかりとした手蹟《しゅせき》だ。その文を眺めながら、道満は呟く。

「『雪の下』か……」

と、さっそく袿に袖を通した鶺が塗籠《ぬりごめ》から出てきた。微かに気色《けしき》ばんだ顔を上げる。

「道満様、似合っておりますか？」

「似合っている、似合っている」

面倒くさそうに答えると、鶺が一瞬だけ嬉《うれ》しそうな表情を見せた気がした。だが、それは単なる錯覚だろう。この娘が、感情を表に出すことなどありえないのだから。

そう言えばいつの間に、鶺の背はあれほど伸びていたのだろう。道満は塗籠の中に入っていく鶺の後姿を見ながら、ぼんやりとそう思った。

道満の予想に反し、鴒の奉公は終わる気配を見せなかった。

命令に忠実な鴒から音を上げることはないと踏んでいたが、大君が鴒の存在に飽きるか、女房から不満が出て顕光から断られるか……そのいずれかだと思っていたのだ。

もちろん、道満側から奉公の取りやめを申し出ることはできる。しかし鴒が得てくる情報は——大方は取るに足らない日常の報告だったが——今まで自分が歩き回って集めていたものよりも、遥《はる》かに有益なものだった。

それでもなにやら、居心地が悪い。

いつものように、迎えの牛車に鴒を押しこむ。仕立ててやった今様色の袿はお気に召したようで、今日も袖を通している。初めて着て行った日の夜に、「大君から、とても美しい色の袿とお褒めの言葉をいただきました」と報告してきたぐらいだ。

牛車を見送った後、道満は縹帽子越しにぼりぼりと頭をかいた。いつもであればもう一度臥所に戻って惰眠を貪るが、さすがにこの怠惰な生活にも飽きがきた。

そろそろ仕事をせねばなるまい。幸いなことに、池辺が流した評判のおかげで貴族からの依頼は増えている。駄目陰陽師が、ようやく腰を上げげんと邸に踵を返した時だった。

視界の端に、一台の牛車が見えた。何度か邸を覗き見ていた、あの車だ。

道満は門の陰に身をひそめた。牛飼童《うしかいわらわ》が待機しているところを見ると、乗っていた公達は車から降りているらしい。そしてこの状況で公達が行っていることといえば……色々と後ろ暗いことをしている身だ、公達と見せかけた刺客を放たれた可能性もあるので油断はできない。確認のため河原院の周囲を歩きはじめると、すぐに怪しい人物の姿が目に飛びこんできた。

生垣に顔を突っこんでいるため、こちらに向かって指貫袴《さしぬきのはかま》の尻だけが生えているように見える。そんな場所から覗いても、森林のように雑草が生えた庭から邸など見えるはずもない。竈馬に跳びかかられるだけである。

道満が近づいても、公達らしきものの尻は微動だにしない。仕方なく、生垣から飛び出した袴を問答無用でつかみ上げ、力ずくで引きずり出す。

怪しい公達は「うひい」と間抜けな声を上げた。額や狩衣の衿《えり》に枯葉や枝をつけて、戦《おのの》きの表情を隠そうともしないのは、元服を迎えて間もないといった年齢の公達だった。

上等な服を着ているものの、気の抜けた犬のような顔つきをしている。逃げようとするが、身長差が五寸ほどもある道満の手から逃れることなど不可能だ。

「なんのつもりだ」

道満の低い声だけで怯《おび》えたように、公達はまたも「うひゃあ」と情けない悲鳴を上げた。まるで逢魔時《おうまがとき》に鬼と鉢合わせてしまったように震えあがり、手を合わせる。

「お許しください道摩法師殿！　私は決して怪しいものではございませんゆえ……」

「ほう、私の名を知っていると申すか」

手の力をわずかに緩めるが、それで拘束から逃れられるものではない。じたばたと暴れていた公達は早々にあきらめたのか、親に首根っこをくわえられた獣の子のような体勢のまま名乗りを上げる。

「もちろんでございます！　私は左兵衛佐《さひょうえのすけ》明親。以前、道摩法師殿にお助けいただいた池辺漏刻博士は、叔父にあたります」

道満はようやく公達の正体に思い当たった。以前、道満と鵺が双六賭博によって救った池辺漏刻博士の甥……友にそそのかされて借金をこさえたという、騒ぎの張本人だ。

「なるほど。だが、正体は分かっても私の邸を覗き見ていることの説明がつかない。しかも、今朝だけではなく何度も来ているだろう」

襟首をつかむ力を強める道満に、明親は泣きそうな表情を見せる。

「叔父から、ことの顚末《てんまつ》をすべて聞きまして……このような経緯で法師殿に救っていただいた、お前も心を入れ替えて精進せよと……私は己の不甲斐《ふがい》なさに涙し、心を改めました。そして、私の窮地を救っていただいた法師殿に、どうしても直接礼を言いたくて参上した次第で……」

「単に礼を言いたいだけなら直接、門から訪ねてくればよいだろう。別に、取って食ったりはしない。なぜこそこそ覗くのだ」

そう聞く道満に明親は口ごもったが、すぐに夢見るような口調で呟く。

「実は……叔父から聞いた話によると、法師殿が連れた大層聡明《そうめい》な姫君が、男装してまで博徒を打ち負かし、私を救ってくださったとか。さぞかし勇ましく美しき方ではないかとこっそり垣間見ましたら、御簾から風流な襲の衣が見えるではありませんか。その御姿《おすがた》に、私は一目で心奪われてしまったのです！」

歌でも吟じるように告げる明親に、道満は呆れかえった。

どうやら、堀河大君に仕えるようになってから女房装束を着るようになった鵺の姿を垣間見たらしい。内裏の公達は恋愛遊戯にしか興味がないという噂は本当であるようだ。

「……お言葉ですがな、池辺漏刻博士の甥御殿」

「私、左兵衛佐明親にございます」

ふんぞり返りながらもう一度名乗ってくるが、襟首を捕まえられたままではまったく格好がつかない。おまけに頭からは烏帽子もずり落ちかけている。気が弱いのか無鉄砲なのかよく分からない公達だと感心する。

「左様でございますか、左兵衛佐殿。非常にありがたきお話ですが、あの娘は卑しい身分。貴殿のように前途ある高貴なお方とは、つり合いが取れませせぬ。一時の感情に身を任せず、名家の姫君を妻に迎えたほうが一族のためにもよろしいかと……」

「そんな！」

するど、明親は再度じたばたと暴れ出した。懐から薄紙に包んだ文を取り出す。

「私は身分の差など気にしませんぞ！　ここに、昨晩一睡もせずにしたためた文もございます、どうか勇ましき君にお渡しすることをお許しくだされ、お父上！」

「誰がお父上だ、呪うぞ」

民衆に近い立場で育った道満と、生粋の貴族である明親では感性も常識も違う。理不尽な疲労感に苛《さいな》まれた道満が襟首を離してやると、明親は道満の胸に文を押しつけた。文の表には『河原院の君』と書かれている。

「預かっておくが、あの娘は一筋縄ではいかぬぞ。あれは鵺……猛禽《もうきん》の目を持つ娘よ」

「鵺……」

女性に小鳥ならともかく猛禽の名で呼びかけることなど、よほどの事情がない限りはない。しかし明親はその名を口の中で繰り返すと、感極まったように天を振り仰いだ。

「鵺の君……勇ましき君にふさわしい、なんとも勇壮な呼び名！」

道満は、今度こそあきらめたように額を押さえた。もとより公達どもの考えていることなど自分には理解できないと一蹴していたが、これは想像以上に手ごわい。

「では、私はこれから出仕ゆえ失礼いたします。文は必ず鵺の君にお渡しくださいっ！」

明親はとりあえずの目的を果たして満足したのか、踊るような足取りで通りの角に待たせていた牛車に乗りこんだ。私への礼とやらはどうなった、と道満は胸中で叫ぶが、明親の牛車はのろのろと通りの向こうに消えていく。

面倒なことになったぞと、道満は懐の文を所在無げに弄ぶ。自分がこの邸で怠惰な時間を貪っている間に、鴇の身辺ではさまざまなことが目まぐるしく変わろうとしているようだった。


「鬼祓い、ですか」

陰陽師になってから飽きるほど繰り返したその言葉を、道満はうんざりと反芻《はんすう》した。久方ぶりに堀河院に呼ばれた道満は、やっと鴇の奉公も終わりかと胸を撫《な》で下ろしたのだが、予想に反して顕光は鴇の働きを喜んでいた。

そして次に放たれたのが、鬼祓いの依頼である。

「今回は祓いではなく、退治であるな。その邸を警固していた武士《もののふ》は勇敢にも鬼に切りかかったのだが、なんと太刀を叩《たた》き落とされてしまったという話よ。さらに一度のみならず、三度に渡って現れたという話だから恐ろしい」

「……鬼退治は武人に任せようではありませんか。陰陽師は頭を使う仕事ゆえ」

ぼそりと呟くが、顕光はその身を震わせているだけだ。

「その物の怪《もののけ》は丑三つ時に邸に現れては、まるで獣のような敏捷《びんしょう》さで逃げ去るのだという。額から二本の角が生えている上に、顔は血に濡《ぬ》れたかのように真っ赤で、あれは鬼に違いないと専らの噂であるとのことよ。その邸の主である刑部権大輔《ぎょうぶごんのたいふ》石上広成《いそのかみのひろなり》は、私と旧知の仲でな。お主の評判を聞きつけ、依頼をしてきたのだ。私の顔を立てるためにも、どうかその鬼を退治してやってくれぬか」

相変わらず無能者は、なにも考えずに周囲にいい顔をする。どうせ鬼といっても賊の類いであろう。道満に武芸の心得はないが、長きにわたって身一つで修羅場をくぐってきた自負がある。体格にも恵まれているゆえ、大層な武器でも持ち出されない限り、大抵の賊ごときには引けを取らないだろう。

「分かりました。それでは、詳しいことをお聞かせ願いますか」

「それ以上は知らぬ。だが、角が生えて真っ赤な顔をしている者など、鬼しかいまいて」

要するに、その邸の主に直接聞いて来いということらしい。安請け合いして面倒なことはすべて丸投げしてくる主に呆れつつ、道満は問題の邸の場所だけ聞いて退出した。

鴾は、今日も奉公に行っている。女房たちがいる対屋《たいのや》に自分が足を踏み入れることは難しいが、鴾がどのような顔を見せているのか気にならないと言っては嘘《うそ》になる。

すると向こうから、一人の女房がやってくるのが見えた。気のよさそうな、若い丸顔の女房である。その外見の特徴に、道満は鶴の言葉を思い出す。

おそらくは彼女が、当初から鶴に対して親切にしてくれたという摂津の君だろう。さてどうするかと逡巡《しゅんじゅん》しているうちに、向こうが道満の姿に気づいたようだ。顔を逸らすかと思いきや、躊躇《ためら》いなく近づいてくる。

「あらあら、あなた様が道摩法師様でございますね。鶴の君からお話は聞いておりますわ。まあまあ、噂通りお強そうな方ですこと」

並みの女性であれば道満の風体に怯えるはずだが、摂津の君はあっけらかんと道満を見上げる。若いのに、肝の据わった女房だ。道満は当惑しながら頭を下げる。

「鶴は迷惑をかけておりませんでしょうか。なにぶんあの娘は下賤の身。やんごとなき生まれの方々には、奇異に見えるところもあるようでして」

「とんでもございませんわ。鶴の君は、私どもには想像もつかない色々なお話を聞かせてくれるのです。いつも大君と、鶴の君は千年ぐらい生きているのではないかと驚いているのですよ」

確かに、鶴の頭の中に詰まっている情報は、常人であれば千年生きていても覚えきれる量ではない。どうやら鶴はこの奉公先で、うまいこと他者との交歓をはかれているようだった。

「せっかくいらっしゃったのですから、大君にご挨拶をされては？　大君も、あなた様にご興味を持っていらっしゃるのですよ」

予想もしていなかった提案に、道満は仰《の》け反《ぞ》った。本来であれば嫁入り前の貴族の姫君など、たとえ御簾越しであっても下賤の法師陰陽師が話せるような相手ではない。

「いえ、私のような者が対屋に足を踏み入れるわけには……」

「鴇の君のご親族であれば問題ございませんよ。さあさあ、こちらへどうぞ」

摂津の君はころころと笑い、対屋に道満を促す。あまり規範にはこだわらない性質のようだ。だからこそ、鴇のような異分子に対しても、最初から分け隔てなく接してくれたのだろう。

道満は一旦の逡巡の後、足音をひそめるようにして摂津の君の後に続いた。

貴族が住まう邸には、寝殿とは別棟の対屋がある。基本的に家族はここで生活をしているので、滅多に表へ出てくることはない。特に姫君や女房の生活の場となっている邸の対屋に踏みこめるのは、親族か限られた人物のみである。

寝殿と対屋は、長い渡殿で結ばれている。吹き抜ける寒風に身震いしつつ、摂津の君は奥まった場所に位置する簀子縁で足を止めた。御簾と几帳で幾重にも隔てられた奥の間から、少女の話し声が漏れ聞こえてくる。

「……確かに道満様は鬼も怨霊も物の怪も恐れませんが、虫が苦手にございます」

聞こえたのは、鴇の声だった。相変わらず娘らしからぬ抑揚のない口調ではあったが、いきなり自分の名前が出てきたことに顔をしかめる。

「特に竈馬がお嫌いで、見つけると童のように騒ぐのです」

「あらまあ、あの大きなお方が？」

「ですから、私は竈馬を捕えるのが得意なのです」

鵺の言葉にいちいち大袈裟《おおげさ》に驚く幼い声が、おそらく堀河大君だろう……それはいい、一体なんの話をしているのだ。道満が押し黙っていると、隣で摂津の君が衵扇《あこめおうぎ》で顔を隠し、必死に笑いを堪《こら》えていた。

「こ、こちらでございます。お呼びいたしますね」

先ほどまで恥じらいもしていなかったのに、摂津の君は顔を扇で覆ったまま御簾の奥へと消えていった。道満は居心地の悪い思いで袈裟を捌《さば》き、簀子縁に腰を下ろす。

好色な公達の中には、御簾越しに姫君や女房たちのお喋りに聞き耳を立てるのが生きがいという者もいるが、あいにく道満はそれほど悪趣味ではない。まあ、姫君や女房たちも、聞かれていることを前提にお喋りをしているのだろうが。

しばしして膝行《しっこう》の気配が届き、御簾の向こうに小さな影と、蘇芳色《すおういろ》の細長が見えた。

道満は深々と頭《こうべ》を垂れる。

「播磨より上りました法師陰陽師、芦屋道満にございます」

「まあ！　今ちょうど鵺の君と、法師様のお話をしていたところなのです。よくお越しくださいました！」

不名誉な話だったことはさておいて、大君は年相応の無邪気な声を上げた。この勢いや初めて鵺と邂逅《かいこう》した時のことを考えると、立ち上がって御簾から顔を出しかねない。

道満は床板に視線を落としたまま続ける。

「ちょうど権中納言殿からお召しがあり、こちらに参上した次第です。鵺は、なにか無礼を働いておりませんか？」

「とんでもございませんわ。鵺の君は色々なことを知っていて、お話ししていてとても興味深いのです。鵺の君に来ていただいてから、毎日が楽しいのですよ」

才気煥発《さいきかんぱつ》そうなはっきりとした声音に、やはり父親には似ていないのだな、と漠然と思う。様子は窺《うかが》えないが、おそらく横で鵺はいつも通り平然としているのだろう。道満が対屋に現れたことを驚いてもいまい。

「そう言えば私、法師様にお会いしたら聞きたいことがあったのです」

「なんなりと」

がたりと、几帳が動く気配が伝わった。摂津の君が小声で咎《とが》めているので、姫君の嗜《たしな》みを無視して立ち上がっているに違いない。頭のあたりに、痛いほどの視線を感じる。

御簾と几帳の向こうに閉じこめられている姫君にとって、巨漢の法師陰陽師など珍獣のような存在に違いない。しかも虫嫌いという追加要素まである。陰陽師になるにはどうしたらよいのかなどと聞かれたらなんと答えようかと、考えていた時だった。

「なぜ、鵺の君を式神などと言うのですか？」

思いもよらない問いかけに、道満は頭を垂れたまま動きを止めた。

それは単なる、純粋な疑問であった。特段責めるような色もなければ、咎めるような口調でもない。ただ子供らしく、理解できないことに対して教えを乞うだけの問い。

しかし道満は、年端もいかない童女にまるで糾弾されているような心持ちになった。

無礼を承知で顔を上げる。

縹帽子の隙間から見えたのは、御簾を上げて幼い顔をさらした堀河大君の眼差《まなざ》しだった。まばたきのたびに、黒々とした睫毛《まつげ》が上下する。そして、疑問の続きとでもいうように首を傾げた。

「鵺の君は、式神などではありません……人間ですよ？」

——雪は鬼ではない……人間だ！

右顔面がうずいた。記憶の奥底から蘇った、吼《ほ》えるような声が脳裏に反響する。

道満を見つめる堀河大君の大きな双眸《そうぼう》は、逸らされることがない。その視線が、まるでこちらを静かに焼き尽くしていくような錯覚に捕らわれる。

「……ここでなにをしているのですか」

刹那、押し殺した声が聞こえ、道満は渡殿の向こうへ視線を投じた。

そこには、幸菱紋《さいわいびしもん》の単を着た年嵩の女房が険しい顔つきで立っていた。面長の顔に切れこみを入れたような細い目が、冷たくこちらを見つめている。

……中務卿女か。

まずい人物と鉢合わせてしまったと、縹帽子の下でこっそり嘆息する。堀河大君の傍《そば》に付いているだろうとは思ったが、よもやこんな場面で登場するとは。

「権中納言様に召されているとはいえ、対屋にまで足を踏み入れるとは無礼な。まして
や大君と顔を合わせるなど、許されるはずがありません。疾《と》く去るのです」

「違うのです、私が無理に法師様をお連れしたので……」

「いいえ、私がお話ししたいと我儘《わがまま》を申したのです……」

摂津の君と大君が必死に弁明してくれるのが、いたたまれない。道満は音もなく立ち上がった。中務卿女は高い位置にある道満の顔を怯《ひる》まず睨み上げる。

「まったく、あの無能者は……こんな得体の知れない者たちを邸に上げるなど、愚かの極み。二度とここには足を踏み入れぬよう」

無能者とは、顕光のことだろう。自分の主に対して、散々な言いようである。一瞬だけ訝ったが、野犬でも払うように袿の裾を振られたので、おとなしく退出することにする。

視界の端に映った鶍は無表情のまま、目の前で起こることを、自分とは無関係の事象

のように見つめているだけだ。そのことに妙な安堵を覚えつつ、道満は寝殿に続く渡殿を足早に歩いていく。どこかじめついた中務卿女の視線が、ずっと袈裟にまとわりついているようだった。

堀河院の総門を出て、ようやく道満は一息ついた。やはり、女房たちの世界に関わってもろくなことはない。あの場所からは、早々に鵺を引き揚げさせたほうがよさそうだ。

そこまで考えた道満の耳に蘇ったのは、先ほど堀河大君から投げかけられた問いだ。

――鵺の君は、式神などではありません……人間ですよ？

「知っている……そんなことは」

道満は今更ながら呻くようにそう答え、足早に河原院までの路を歩きはじめた。

都の空は分厚い雲が重く垂れこめ、春のはじめらしからぬ気配を纏《まと》いはじめていた。

顕光が二つ返事で依頼を受けてしまった『鬼退治』とやらは、石上という刑部権大輔の邸で行うようにという話だった。道満が烏丸小路《からすまるこうじ》に位置する邸を訪ねると、石上はすっかり怯えた様子で脇息《きょうそく》に寄りかかった。

「最初は賊かと思ったが、出くわした武士の話を聞く限り、顔は血塗られたように赤く、二本の角まで生えていたという。しかも、先日の夜に宿直《とのい》に入っていた武士もその姿を見かけたというのだ。これで、丑三つ時に鬼を見るのは三度目でな……」

置畳に腰を下ろした道満は、その愚痴をおとなしく聞いていた。状況から考えると、確かに賊の類いだろう。

「直接、なにか財《たから》を盗まれたという被害はございましたか？」

「それは一切ないのだよ。だからこそ、あやしのものの仕業ではないかと法師殿に相談しているのだ。まったく……我が邸の対屋には、年頃の姫君がおるのだ。不安にさせたらと思うと、夜も眠れぬ」

依頼を受けてすぐ、石上に関わる情報を鶏に引き出してもらったが、いたって地味で恨みを買うような人物でもない。そもそも顕光と親しくしている時点で、藤原氏の恩恵に与《あずか》ろうとする冴《さ》えない貴族であることは明らかである。

「分かりました。卜占《ぼくせん》で吉日を出した後、鬼祓いの儀を執り行いましょう」

要するにまだ、情報が少ないのだ。先延ばしの決まり文句を告げると、石上は慌てた声を上げた。

「頼むぞ、法師殿。だが、あくまでも内密にな。特に我が小吟姫《こぎんひめ》の耳に、鬼の話は決して入れぬようにしてくれ。娘はおとなしく繊細ゆえ、怯えて臥《ふ》せってしまうやもしれぬ。吉野《よしの》にある別邸へ物忌みに向かうよう勧めたのだが、どういうわけか拒まれてしまってな……気が気ではないのだよ」

どこの貴族も、娘には甘いらしい。道満は恭しく頭を下げて承諾すると、渡殿に出た。泥臭いやり方で好きではないが、ここは直接鬼とやらを待ち伏せ、文字通り退治するのが手っ取り早いかもしれない。

だが、情報は意外な所で繋がるものだ。道満が河原院に戻ってほどなくして、堀河院から鵠が戻ってきた。石上邸での出来事を愚痴ると、鵠がどうということもなく告げる。

「小吟姫のことでしたら、女房方が噂しておりました」

「ほう。刑部権大輔の話を聞くに、小吟姫は自分の邸に鬼が出ていることも知らぬようだから、直接関係はないだろうが……どんな噂だ」

「はい。小吟姫の元に、最近になって送り主不明の文が届いているという噂です。詠まれた歌は情熱的で雅であり、筆のはこびは大層麗しく、さぞかし高貴な方からだろうと胸を躍らせているが、名前がないので返歌を送ることもできない……とのことです」

「文か……それはちゃんと、文使いが届けに来ているのだろうな？」

「それが、知らぬうちに小吟姫の臥所にある御簾に挟まっているそうです。まるで天からの使いであると、女房方の間では噂になっております」

高貴な姫君と男性は直接顔を合わせることが難しいため、公達は美しい姫君の噂を耳にすると、まずは文を送ることからはじめる。顔を合わせられないゆえ、姫君は届けられた文に詠まれた歌の雅さや、手蹟の美しさ、さらにはしたためられた紙の質やら、添えられた折枝の花で相手とやり取りをするかを判断するので、送る側も必死である。

通常、文のやり取りは邸に仕えている文使いを通して行われる。この文使いの服装や見目麗しさまで評価の対象となるのだから大仕事だ。

小吟姫は中流貴族とはいえ、立派な姫君だ。文を送るとなると、それなりの手順を踏むだろう。先日の明親のように気が急《せ》いて自分で届けに来ることもあるので、一概に明確な順序があるわけではないが……

……そう言えば、あの文はどうすべきか。

不意に思い出す。受け取った明親の文は、文箱《ふばこ》にしまったままだ。中を開けて読むほど道満も無粋ではないが、明親の様子から、鵺への恋文であることは間違いない。

だが、それを鵺に渡したところで彼女がその想いを理解できるとは思えない。「なにやら恋の歌のようですが、なぜ左兵衛佐様が私にこれを届けてくるのです？」と聞いてくるのが目に見えているし、そうなった時に自分はどう答えればいいのだ。

「道満様？」

本筋とは離れたところで苦慮しはじめた道満を、鵺の声が現実に引き戻す。まあ、どうせ明親もすぐに飽きるだろう。道満は話を小吟姫に戻した。

「気にするな……それにしてもなぜ、文の主は正面から届けないのだろうな。そちらのほうが、よほど怪しまれそうなものだが」

「なんでも刑部権大輔様が小吟姫を溺愛しており、文使いによって届けられた文は『手蹟が汚い』『下手な歌だ』『折枝が貧相だ』などと文句をつけては、小吟姫に渡さずに自分の文箱に放りこんでしまうとか。その噂を耳にした公達が、どうにかして小吟姫に直接文を届けようと画策したのかもしれません」

「……そ、そうか。なるほどな」

身に覚えがあるような気がしないでもないが、道満はあくまでも平静を装った。いや、別に自分は鵺に対して過保護になっているわけではない。石上とは違う……多分。

「小吟姫もそういった境遇ゆえ、文を受け取ること自体が初めてだったのでしょう。送り主に対して、必要以上に入れこんでしまっている……と女房方は噂しておりました」

「うむ……刑部権大輔は吉野の別邸へ小吟姫を避難させようとしたが、拒まれたという。おそらく小吟姫は自分が邸を離れている間に文が届き、発覚するのを恐れたのだろう」

道満の動揺をよそに、鵺は耳にした事実だけを口にする。道満は一旦情報を整理するように目を閉じた。夜半に出没する鬼と、文の主が無関係とは思えない。

「警固の武士を怯えさせる鬼と、姫君に懸想する雅な公達か……一見繋がらないが、辻褄《つま》は合うな。刑部権大輔は、小吟姫を怯えさせたくないために鬼の話を隠している。一方で小吟姫は、刑部権大輔へ御簾に挟まる文の話を隠している。邸の人間は、そこに関連など見出《みいだ》せまい」

「では、公達は邸の者を怯えさせることで文を小吟姫の元へ届けやすくしたということですか？　わざわざ鬼の扮装《ふんそう》などをして……余計に怪しまれると思うのですが」

確かに、想像したら笑える話だ。いくら雅でやんごとなき立場の公達だったとしても、そんな現場を目撃されたら百年の恋も醒《さ》めるに違いない。

「そこが納得のいかないところよ。警固の者を怯えさせるだけの理由で、果たしてそのような小細工をする理由があるのだろうか。逆にこうして騒ぎになり、警固の武士も増員され、私のような陰陽師にまで鬼退治の依頼が来てしまった。これではまるで、わざと騒ぎを大きくしているようなもの……」

そこまで言って、道満はふと言葉を切った。

「いずれにせよ、今回は侵入者を捕らえてみたほうが早いな。さっそく、明日の晩あたりなどが吉日と言って石上邸に張りこむか。賊であれば捕らえて、刑部権大輔に恩を売る。懸想している公達であれば小吟姫との仲を取り持ち、公達と小吟姫に恩を売る……この場合は、公達の官位にもよるが」

「私もご一緒します」

女房装束のままあっけらかんと言う鶺に、道満は呆れた。

「鬼が現れるというのは丑三つ時とのことだから、寝ずの番になるぞ。まさか徹夜明けで奉公に行くつもりか？」

「奉公ですが、明日より二日おきにしろとのお話をいただきました」

そういうことは早く言えと口にしかけたが、鶍が戻るなり石上邸での出来事を愚痴り出したのは自分なので黙っておく。

「また急な話だな。大君に飽きられたか？　つい先日話をした時には、お前の奉公を喜んでいたようだが……」

「大君には、毎日でも来てほしいと仰っていただいています。二日おきの奉公を決めたのは、中務様です」

予想通りの名前に、道満はあの吊《つ》り上がった目と眉を思い出す。鶍は相当嫌われているようだ……いや、鶍だけではなく、自分もか。

おそらくは、道満が堀河大君と直接顔を合わせて話してしまったことが原因だろう。あれはどう考えてもこちらに非のない事故なのだが、ちょうど奉公の頻度を減らしてもよいのではないかと思っていたところだ。願ったり叶ったりである。

「ふん、まあよい……女房の噂話を仕入れてくるだけなら、二日おきでも十分だ。では、明日は一緒に来るとよい」

「もちろんです」

これが本来あるべき姿だと思ったが、鶍の顔に一瞬だけ寂しげな影が浮かんだのが気になった。鶍は立ち上がると、ずるずると袿を引きずりながら塗籠に入っていく。

「唐櫃の中を確認してまいります。久方ぶりに狩衣を着るので、探さなければ」

確かに、鴇の唐櫃は無駄に多い女房装束の類いで埋まってしまった。狩衣を掘り出すのも一仕事だろう。塗籠の板扉が閉ざされた、その時だった。

滅多に人が訪れることのない河原院の総門から、かすかな人の気配が届く。雑草の隙間から目を凝らすと、松明の光が揺れているのが見えた。

怪しい法師陰陽師とその式神が棲む荒れ果てた邸を訪れる物好きなど、家主の老坊主ぐらいのものだ。あとは、鴇に謎の熱を上げている明親か。いずれにしても、こんな夜更けに人目を忍ぶようにして現れる訪問者に覚えなどない。

「何者だ」

道満が詰問すると、驚いたように松明の光が揺れた。大股で門に向かうと、そこには雑色《ぞうしき》と思われる二人の男が立っている。

「道摩法師殿ですね。実は、法師殿と内密にお話ししたいという女房殿がいらっしゃいまして、お連れした次第でございます」

雑色の後ろに視線を投げると、そこには一台の小八葉車《こはちようのくるま》が停められていた。御簾からは、女房装束の出衣《いだしぎぬ》が覗いている。

こんな時間に女房が出歩くなど、よほどの事情に違いあるまい。道満は周囲への警戒を怠らぬまま牛車の前に進む。御簾が上げられ、現れた女房の顔は見覚えのないものだ。

「お初にお目にかかります、道摩法師様。私は、刑部権大輔様に仕えております女房で、薫陸《くんろく》と申します」

「刑部権大輔殿……となると、小吟姫の女房か？」

ちょうどその話をしていたところだ。鬼祓いの件かと思うが、この騒ぎに関しては小吟姫を怯えさせないため、対屋の女房たちには伏せられているはずである。すると薫陸は、その呼び名の通り微かな薫陸の香を漂わせながら頷いた。

「その通りでございます。実は姫君のことで占っていただきたいことがあるのですが、刑部権大輔様にはご内密にしていただきたいゆえ……困り果てていたところ、人づてにあなた様が非常に優れた法師陰陽師とお伺いし、参上した次第でございます」

「それはありがたきお言葉。それだけではなく、夜半にこのような荒屋《あばらや》までお越しいただけるとは。私でよろしければ、お力になりましょうぞ」

道満は、女房の顔を見定めるように睨《ね》めつけた。表情だけ見ると、彼女は本当になにごとかを心配し、矢も盾もたまらずここに駆けこんできたという様子だ。

「実は私が仕えております小吟姫の元に、少し前から送り主不明の文が届くのです。それも文使いが携えてくるのではなく、気づくと御簾に挟まっているという状況で……その手蹟は美しく、歌は雅にして文才を感じさせるもの。姫君はすっかり文の主に恋してしまったのですが、なにぶん送り主のお名前も知れず、返歌を送ることもできません。

姫君は毎日のように文を読み返し、食事も喉を通らず、すっかり痩せ細り……」

鵺が耳にした噂通りだ。長々と続きそうな女房の嘆きを、不躾《ぶしつけ》にならない程度に遮る。

「なるほど。その文の主を、卜占にて突きとめてほしい……ということですな」

「はい。実際の文をお持ちできれば良かったのですが、なにぶん姫君は毎日のようにその文を読み返しているため、文箱から拝借することもできず……また、父君である刑部権大輔様は大層厳しい方ゆえ、くれぐれも内密に調べていただきたく思います」

そう言うと、女房は楚々《そそ》とした所作で御簾を下げた。こんな場面を目撃されて、変な噂でも立てられたら困るのだろう。道満もそれ以上は追及せず、去っていく牛車を、頭を垂れて見送る。

「鬼祓いと文の主探しの依頼がほぼ同時に入るとは、都合がいい。だが……いかんせん、都合がよすぎる」

雑色の松明も門の向こうに消え、辺りは深い闇に覆われている。顔を上げても、糸のような月がかろうじて見えるだけだ。明日は新月。いかにもあやしの物が闇に紛れて現れそうな、暗い夜となるに違いなかった。


翌日の夜半。道満と鵺は、石上邸の寝殿前にいた。

渡殿から見える手入れの施された中庭には、ちらほらと梅の花が咲きはじめている。警固の武士は、通常より多く配置されている。鬼が現れたら使いの者が道満に知らせに来るという寸法だ。侵入者を鬼だと思いこんでいる武士たちは自分たちで立ち向かうことなく、退治を陰陽師に一任してくるだろう。そこを押さえれば良いだけの話だ。

だが、待つことしかできないのでどうにも暇である。道満は依頼の真っ最中にもかかわらず土器《かわらけ》から酒をあおり、夜に弱い鵺はその隣で舟をこいでいた。がくりと丸い頭が落ちるたび、久方ぶりに袖を通した狩衣の胸元で鈴が鳴る。

「まあしかし、都合よく今晩現れるはずもないか……」

長期戦となることは覚悟している。宵っ張りの道満にはどうということもないが、鵺はついに簀子縁に丸まって完全に熟睡してしまった。

月のない夜空を見上げる。星は見えるが、空気がそれほど澄んでいないのか、故郷よりも濁った空だ。こんな所で播磨を思い出してしまったことに、道満は内心で顔をしかめる。その時だった。

「法師様！　現れました、鬼でございます！」

渡殿の向こうから飛んできた騒々しい足音が、夜の静寂を切り裂いた。道満は大儀そうに立ち上がり、駆け寄る二人の武士を手で制する。

「慌てるな。どこで鬼を見た」

「に、西門を飛び越え、対屋の方向に消えていきました、は、早く追ってください。あちらには小吟姫の臥所が！　姫になにかあったら、一大事でございます！」

急かすだけ急かして動こうともしない武士の手から松明をひったくり、鴾の首根っこをつかんで揺り起こす。目をこすりながら道満の後をついてくる鴾の鈴を聞きながら、独りごちる。

「また都合の良い……いや、良すぎるな、これは……」

その時だった。視界の端でなにかが動き、素早く松明を向ける。整えられた中庭の前栽《せんざい》に、大きな影が見えた。

「鴾、持っていろ」

道満は松明を鴾の手に渡すと、袈裟姿とは思えない敏捷さで人影に肉薄した。熊が全速力で突進してくるようなものだ。人影は声を上げることもなく、あっさりと地面に押さえつけられる。

それは、一人の若い男であった。狩衣と指貫袴はそれなりの仕立てで、烏帽子も被っている。賊の類いではなく、公達であることは明らかだ。

しかし、道満は公達を押さえこんだまま、違和感に捕らわれる。大抵の若い公達は童のころから牛車に慣れて貧弱な者が多いのだが、この男は道満ほどではないにしても、やけに体格がいい。

狩衣の懐に手を突っこむと、薄紙に包んだ文が出てきた。片手でそれを開くと、美しい手蹟で恋の歌が書かれている。おそらくは今宵《こよい》も、この文を小吟姫の元に届けようとしたのだろうが……

道満は一瞬だけ思案し、それを遣水《やりみず》の引かれた池に投げ入れた。闇の中で、一枚の文が水面に枯葉のように浮かんでたゆたう。それを見た公達が「ああ……」と声を上げる。

「どこの者とも分からぬ輩を、小吟姫に近づけるわけにはいかぬのでな。それにしても、警固の武士をも退けた、獣のように敏捷な男と聞いていたが……やけに呆気《あっけ》なく捕まるものだな。一体、何者だ？」

「わ、私は左近衛少将《さこんえのしょうしょう》文忠《ふみただ》と申す者です」

公達は、あっさりとそう名乗った。左近衛少将の任に就いているとなれば、それなりの立場を持つ貴族の子息だろう。

道満は公達の顔を上げさせた。庭に降りた鴇が、手にした松明でその顔を照らしてまじまじと覗きこむ。

「ふむ。見たところ普通の公達のようだな。もしや、この邸で目撃された鬼というのもお前のことか？　二本の角が生え、顔は血塗られたように真っ赤と聞いておるが」

「お恥ずかしながら、それも私でございます。一度そのような扮装をして、警固の武士たちに『鬼が現れた』という恐怖心を植えつけてしまえば、次から邸に忍びこむ時に捕まる可能性が低くなるだろうと考えたのです」

文忠は松明の光が眩《まぶ》しかったのか、狩衣の袖で顔を隠しながら白状した。道満は公達の襟首を捕まえたまま嘆息する。

「完全に計画的なものであったか。なぜ、このようなことをした」

「実は、こちらの邸におわします小吟姫に懸想してしまい、なんとか文を届けようとしたのですが……姫の父君である刑部権大輔殿は、大変厳しいお方。文使いに文を持たせても、小吟姫の元には届かないともっぱらの噂です。仕方なく、このような方法で直接お渡しするしかない次第でした」

「……大方予想通りではあるな」

ぼそりと呟く。文忠は両手で顔を覆いながら、泣き落としにかかってくる。

「法師様、不躾なお願いとは思いますが、どうか小吟姫との仲を取り持っていただけないでしょうか。たとえば法師様が、小吟姫の夫に私を迎えよという卜占の結果が出た……と仰っていただければ、刑部権大輔殿も私を無下には扱わないはず。もちろん、私はそれなりの家の生まれにございますので、ご希望通りの報酬をご用意いたします」

早口で嘆願する文忠を眺めやり、道満は無言で鵺を促す。だが、彼女は首を横に振った。道満は文忠を引きずって渡殿まで戻り、簀子縁に座らせる。

「貴殿のお気持ちは痛いほど分かりましたぞ、左近衛少将殿。私も及ばずながら、お力になりましょう」

道満は、おもむろに硯箱《すずりばこ》を取り出した。こけおどしの霊符を書くために常に持ち歩いている短冊を広げ、文忠の前にそれを置く。

「ですが、申し訳ございません。先ほどは下賤の者が小吟姫に近づこうとしていると勘違いし、想いをこめた文にあのような無礼を働いてしまいました」

口調を急に改めた道満は、文を投げ捨てた池のほうに申し訳なさそうな視線を投げる。

「あれでは、水に滲《にじ》んで読めたものではございません。紙は霊符を書く際に使用する、上質のものをご用意いたしました。今ここで、もう一度文をしたためていただけませんでしょうか？　ご自分で詠まれた歌なのです、覚えていないわけはありますまい」

いきなり目の前に広げられた紙と硯を、文忠はまるで未知のものでも眺めるかのように凝視した。道満は勝手にごりごりと墨を擦りながら、声をひそめる。

「良いですか、左近衛少将殿。再度したためましたこの文を、いつも通りに小吟姫の御簾に挟むのです。そして明け方、私は適当な獣の骨でも携えて刑部権大輔殿の元を訪れます。鬼祓いは執り行われました、これが証拠の角にございます……とね」

目をしばたたかせて落ち着きを失くす文忠に構わず、道満はさらに畳みかける。

「そして、この邸に憑いていた鬼が祓われたゆえ、近く小吟姫にまたとない良縁が訪れると告げましょう。鬼が祓われて間もない晩に届けられた文の相手こそ、まさに私が言った良縁の相手……刑部権大輔殿はそう思い、貴殿と小吟姫の仲を許すことでしょう。我ながら素晴らしい策にございます」

「な、ならば後日改めて文を出します。こんな所では、落ち着いて歌をしたためることもできませんゆえ……」

「いいえ、それでは効果が薄れます。鬼が無事に祓われて安堵している刑部権大輔殿にお伝えし、その勢いで承諾を得るのが一番なのでございます。なにも、即興で雅な歌を詠めと言っているわけではありません。先ほど私が無礼を働いて駄目にしてしまった歌を、もう一度したためれば良いだけなのですよ？　貴殿が詠まれた歌でしょうに」

青ざめる文忠に向かって筆と紙を押しつけると、道満はわざとらしく首を傾げる。

「なにやらお困りのご様子。もしや……ご自分の想いをこめた歌を忘れてしまわれた？」

「その通りでございます。小吟姫への思いが強すぎて何度も直しを入れた歌ゆえ、混乱してしまいまして……」

「それでは仕方ありません。ですが、すぐに文が必要であることは事実。この際、本歌取……いや、引用でも構いません。貴殿の手蹟は、それだけで姫君を虜《とりこ》にさせる、雅で美しいものですからな。なにか思いつかれる歌はございませんか？」

泣きそうな表情で首を振る文忠に、道満は童にでも持たせるように筆を握らせる。

「では、僭越《せんえつ》ながら、我々がご提案させていただきましょう。誰もが一目で分かる、許されざる恋とくれば……なにが良いかな、鶴よ」

文忠の逃げ道を塞ぐように立っている鶴に視線を投げると、彼女はすぐに口を開いた。

「これなどはいかがでしょう。『ゆふぐれは雲のはたてにものぞ思ふ』……」

「ほう、古今集《こきんしゅう》から取ったのだな。詠み人は分からぬが、遠くにいるかの人に想いを馳せる、切ない歌よ。さあ、有名な歌でございます、知らないということはございますまい。ほら、筆を動かすのです。『ゆふぐれは雲のはたてにものぞ思ふ』……」

半ば脅迫のように迫られ、文忠は震える手で文字を書きつけるが、すぐに手が止まる。

「どうかされましたか？　まさか下の句が分からないなど……いやいや、左近衛少将殿に限って、そんなことはございますまい。さあ、疾くせねば夜が明けてしまいますぞ」

身を乗り出す道満とは逆に、文忠は小さく丸まっていく。これ以上虐《いじ》めても仕方あるまい。道満は文忠が手にした紙をひったくり、書かれた文字をまじまじと見つめる。

「……詠まれた歌は情熱的で雅であり、筆のはこびは大層麗しい……と聞いていたが、なんだこの死んだ蛇のような手蹟は。おまけに道ならぬ恋の最中だというのに、『天《あま》つ空なる人を恋ふとて』という下の句も出てこないとは」

「ご、誤解でございます。白状します、私は己の手蹟の拙《つたな》さを自覚しており、小吟姫への文はすべて家人に代筆してもらっていたのです。先ほど自分の歌を覚えていないというのも嘘でして、それはこの場で自分が文字を書けないゆえ……」

「ほう、では私が代筆してやろうか。自分で言うのもなんだが、私の手蹟は中々のものだぞ、お前の家人にも引けを取るまい。さあ、歌を教えるがいい」

面倒臭そうに言う道満に、文忠は再び言葉を詰まらせる。これ以上の追及は無意味だと、道満は広げた紙や筆を硯箱にしまった。

「下手な言い訳をしても無駄だ。色々と探りを入れたが、お前が左近衛少将文忠ではないことは、初めから分かっていた。そうだな、鵺」

「はい。確かに左近衛少将文忠様という方は内裏にいらっしゃいますが、お顔が全然違います。この方は別人でございます」

左近衛少将の任に就く者は、内裏でもそう多くない。まったく別の名前を使えばすぐにばれると踏み、実在の公達の名を使ったのだろう。もし見かけたことがあったとしても、この暗がりの中で判別がつくとは思うまい。

しかし、鵺は本物の左近衛少将文忠を内裏の近くで見て、記憶していた。先ほど松明で顔を照らした一瞬で、彼が文忠の名を騙《かた》った偽者と見抜いたのだ。

「そもそもお主、公達でもあるまい。歌も知らぬし、手蹟もひどい……卑賤の者だな」

そう看破する道満に、男は逃げられないと悟ったのだろう。板床に額を擦《こす》りつけて白状する。

「法師殿のおっしゃる通り、私はかろうじて読み書きができるだけの、単なる牛飼童でございます。どうかお見逃しくだされ……」

　牛飼童は通常であれば成人の儀となる元服を済ませている年齢にもかかわらず、元服を行っていない庶民男性が就く仕事だ。そのため、狩衣を着て烏帽子を被れば、それなりに若い公達に見える。道満はその風体を無遠慮に眺めやった。

「しかし、ただ盗みに入るとしても、単なる牛飼童がこんな手の混んだことをするはずがない。公達の装束を用意したり、文を代わりにしたためてやったり……裏で手を引く者が確実にいるな。銅銭でも恵んでやると言われたのか？」

「そこまでばれてしまっては仕方ありません。私はある貴族に雇われていた、亀千代丸と申します。ずいぶんと長くその邸に仕えていたのですが、主の大宰府《だざいふ》赴任が決まったことで、急に仕事を失ってしまったのです」

　亀千代というのは、元服を迎えていないために幼名をそのまま使い続けているのだろう。「丸」というのは貴族から庶民男性に向ける愛称のようなものなので、おそらく仕えていた貴族からそう呼ばれていたに違いない。

「このままでは、明日の糧も買えません。途方に暮れて市で物乞いをしていたところ、ある男から『鬼の扮装をして刑部権大輔殿の邸に忍びこみ騒ぎを起こせば、銅銭と酒を与えてやる』と言われたのです」

「ほう、ある男とは？」

「錣《しころ》で顔を覆っていたため……そう、ちょうど法師殿の縹帽子と同じように、顔はまったく窺えませんでした。装束からして、貴族のようではございましたが」

「それでお前は顔を赤く塗り、獣の骨でも頭に括りつけ、ここに忍びこんだということか」

「はい。私は身のこなしには自信がございましたので、言われた通りの扮装をして、警固の武士たちの前に姿だけを見せて逃げ去ったのでございます。翌日、錣の男が指定した場所に向かいますと、男は約束通り銅銭と酒を恵んでくださいました。そして、引き続き自分の言うことを聞けば、さらなる報酬を与えてくれると言ったのです」

「なるほどな。そして次の依頼というのが、同じ邸の対屋におわす姫君の元に、文を届けよ……というものだったと？」

「その通りでございます。届ける文はすべて錣の男が用意し、当日に西の市の大門前で渡されました。対屋まで忍びこむのは骨が折れるかと思ったのですが、私の姿を見つけた武士たちは逆に逃げ出す始末でして、いとも簡単に文を届けることができたのです」

「最初に鬼の扮装をして警固の者を脅せば、一度恐怖心を植えつけられた武士たちが立ち向かってくることはないと踏んだのだろう。果たしてなんのために、という肝心のところだが……」

道満はあまり考えたくない結論を導き出した後、わずかに声をひそめる。

「亀千代丸よ。もしや今晩は綴の男に、『お前を捕えようとする陰陽師にわざと捕まれ』などと言われたわけではあるまいな？」

その言葉に、亀千代丸は驚いたように顔を上げた。

「なぜ分かったのですか？　確かに今日、綴の男からは文を渡された後に、こう言われたのです。『今夜は、陰陽師がお前を捕まえに来るはずだ。だが、逃げずにおとなしく捕まり、道ならぬ恋に悩む左近衛少将文忠を名乗れ。おそらく陰陽師はお前を逃がすだろう。そうしたら倍の報酬をやるから、翌日いつも通り自分の元に来ると良い』と」

「ふん、命拾いしたな。その言葉通り私がお前を逃がし、のこのこ報酬を受け取りに行っていたら……綴の男に首をはねられていたぞ」

亀千代丸は短い悲鳴を上げる。道満は大袈裟な刀印を切ると、後ずさる亀千代丸に物々しく告げる。

「お前に声をかけた綴の男は悪霊だ。このままでは、お前も鬼に臓腑《ぞうふ》を食らわれるというお告げが出た。綴の男から受け取った銅銭と酒はすべて坤《ひつじさる》の方角に埋め、速やかに京から去ると良い。吉野へ巡礼でもして、己を悔い改めよ」

そう言って再び硯箱から筆と紙を取り出し、適当な文字を書きつけた。

「都にいる間はこの霊符を身につけているがよい。悪霊から身を守ってくれるはずだ」

「……ああ、法師殿。このような下賤の者にありがとうございます。やはり楽して日々の糧を得ると、ろくなことになりません。おっしゃる通り下洛してこの身を清め、再度働き口を見つけようと思います」

札を受け取った亀千代丸は声を震わせると、脱兎《だっと》のごとく逃げ去って行った。闇に消えていく男の姿が見えなくなると、鴗がぽつりと呟いた。

「道満様、どういうことでしょう」

「どうもこうもない。今回の一連の騒動、どうにも不可思議な点が多かったが……すべて私を陥れんがために仕組まれたことであれば、納得がいく」

道満は長い息をつき、硯箱を片づけはじめた。

「私が流布された噂に素直に従っていたら、どうなっていたか想像してみるとよい……捕らえた左近衛少将には『鬼は無事に祓った、近く小吟姫には引き続き文を書け』とだけ告げて逃がし、刑部権大輔には『小吟姫には良縁の文が舞いこむ』と報告し、小吟姫の女房には『文の送り主は左近衛少将文忠だ』と伝える。そうして、左近衛少将、刑部権大輔、小吟姫の全員に恩を売り、己の評判を上げる……という流れに収まるだろう」

それが、いつも通りの道満のやり口だ。しかし、現実は違った。

「だが、それがすべて仕組まれていたことであれば状況は一変する。亀千代丸を雇った鎹の男こそが黒幕なのであれば、報酬を受け取りに来た男の首をはねて刑部権大輔に引き渡すだろう。物の怪の正体が単なる賊であったことで、怪異を祓ったと嘯く私の評判は著しく落ちる。そして無論、本物の左近衛少将文忠は小吟姫に文など送っていない。小吟姫の女房は私の卜占が外れたと吹聴し、こちらも内裏で大きく評判を落とす要因となる」

「確かに。今までの道満様のやり方を把握し、それを逆手に取ろうとしている者がわざと張った罠《わな》だとしたら、説明がつくように思えます」

「刑部権大輔や小吟姫の女房に『その悩みを解決してくれる、優秀な陰陽師がいる』と私を推挙したのも同じ人物であろう……しかし、ここまで大がかりな布石を打つ必要があるだろうか？」

「その通りです。道満様を陥れるだけのために、刑部権大輔様の邸や、左近衛少将文忠様の名まで利用されるとは。ましてや小吟姫は、文の送り主に対して本気で恋していたという噂です。あまりにも可哀想《かわいそう》ではありませんか」

その言葉に、わずかな違和感を覚える。あの鴇が、他人に対して可哀想という感情を抱くとは……だが、今はそんなことを訝っている暇などはない。

「鴇よ。刑部権大輔と、本物の左近衛少将文忠の身辺を洗え。なにか繋がりがあるはずだ。そこから、鋖の男の正体も割り出せよう」

鋖の男とやらが道満の評判を落とすためだけに、無作為に刑部権大輔と、左近衛少将文忠を選んだとは考えにくい。そして道満は、懐からなにかを取り出した。

「それに……もう一つ、証拠は拾ってあるのでな」

それは亀千代丸が持っていた、小吟姫宛《あ》ての文だった。先ほど池に投げ捨てたのは、なにも書かれていない霊符用の紙だ。道満は文を奪った瞬間、咄嗟に白紙とすり替えたのである。

縹帽子を引き下げて顔を近づけると、わずかに香の匂いがする。貴族は丁子《ちょうじ》や白檀《びゃくだん》といった香料を組み合わせ、独自に調合した薫物《たきもの》を衣服に焚《た》き染める。運が良ければ鵺の記憶の中に、この香や手蹟の持ち主がいるかもしれない。

道満は証拠の文を再度懐に入れると、いつの間にか白々と明けはじめている薄藍色の空を振り仰いだ。

「いずれにしても、綴の男とやらよ。今回は私のほうが、一枚上手であったということだ……さて、後始末という名の鬼祓いを行うか」


道満と鵺は明け方まで母屋で仮眠を取った後、寝殿へ向かった。身支度を整えた石上が、二人を出迎える。

「刑部権大輔殿。無事、鬼祓いは執り行われました。しかし、ゆめゆめ油断はならさぬよう。噂を聞きつけ、鬼の扮装をして盗みに入ろうとする不届き者がいないとも限りません。もし鬼が現れてもそれは盗人であるゆえ恐れず捉えよと、武士たちに伝えておかれるのがよろしいでしょう」

　道満がそう告げると、石上は安堵したように脇息にもたれかかった。今ごろ錣の男は、亀千代丸が戻らずやきもきしているだろう。仮に新たに人を雇ったとしても、警固の武士たちが鬼ではないと信じていれば、恐怖心を抱くことなく捕えられるはずだ。

「うむ。そなたの働き、見事であった。さすがは、かの安倍晴明に匹敵すると噂の陰陽師よ。権中納言も、良き者を召し抱えたと喜んでいるだろう」

「勿体《もったい》ないお言葉です」

　道満は頭を下げてから立ち上がると、眠たそうな鵺を促して退出する。

「鬼退治のほうは、これで一段落だろう。さて、残りは……」

　対屋に続く渡殿の途中で、道満は襌《ちはや》の裾を揺らしながら忙しそうに歩いている雑仕女《ぞうしめ》を呼び止めた。

「もし、薫陸の君とお会いできないか。道摩法師が訪ねて来たと伝えてくれれば分かる」

　雑仕女は驚いて目を白黒させたが、すぐに対屋の中に消えていった。ほどなくして、早足で戻ってくる。

「法師様、こちらでございます」

　そう言って、奥に案内してくれる。簀子縁に座ると、御簾の向こうから押し殺した薫陸の声が聞こえる。

「……なにかお分かりになりましたか？」

「はい、文の主が判明いたしました」

簡潔に伝えると、薫陸は驚いたように御簾を上げた。これほど早く報告が届くとは思ってもいなかったのだろう。道満は懐から一通の文を取り出す。

「ここに、新たにお預かりした文もございます。ですが、小吟姫にとっては少々残念なご報告になってしまうことを最初に告げておきましょう……」

「しばし、しばしお待ちくだされ」

報告を続けようとするが、薫陸は奥の間に引っこんでしまった。ほどなくして二人の前に戻り、声をひそめる。

「……小吟姫が、直々にお話を伺いたいとのことです」

道満は面食らった。どうも最近、姫君と縁があるようだ……が、好色な公達ならともかく、あまり嬉しくはない。

小吟姫にとって、文の送り主の正体はそれだけ大事な話なのだろう。道満はおとなしく薫陸の言葉に従い、奥の間に歩を進める。

「姫様、道摩法師様がいらっしゃいました」

裾濃《すそご》の几帳と御簾に隔てられ、小吟姫の存在だけが感じ取れる。姿は見えないが、父親や女房から聞いていた通り、どうも気配に覇気がない。もともと大人しいのか、文の主を想うあまりに食欲もなくなっているのか。

「私は播磨より上洛しました法師陰陽師、芦屋道満にございます。姫君に文を宛てておりました公達に関しましてト占で占わせていただき、直接その方とお会いすることが叶いました。新たな文もお預かりしております」

道満はその言葉を直接小吟姫に向けるのではなく、一度薫陸に告げる。たとえ声が聞こえる位置にいても、姫君と会話をする際には、一旦女房を通さなければならないのだ。しち面倒極まりないと思っていたが、薫陸が口を開く前に、小吟姫がたまりかねたように御簾のほうへにじり寄ってくる気配が伝わった。

道満は、上質な和紙に包まれ、ようやく咲きはじめた梅の文付枝が添えられた文を御簾の隙間から差し入れた。小吟姫の細い指先がそれを受け取る。

文に目を通すほどの間を置いた後、小吟姫がすすり泣く声が聞こえた。道満は沈痛な口調で告げる。

「……名も知らぬ君は、私に話されました。自分は大宰府への赴任が決まったので、もう小吟姫とお会いすることはできない。ここで名を明かしてしまうと、貴女《あなた》にさらなる寂しさを強いてしまうことになる。それは忍びないので、私はこのまま去りましょう、と。名も知らぬ君にとっては、苦渋の決断だったことでしょう」

小吟姫の嗚咽《おえつ》が大きくなった。細長の袖で、涙を拭う気配が伝わる。

「おそらくその文には、貴女を想うゆえに名を明かさぬまま去ろう……と言った意味の歌が書かれていたのではないでしょうか。私はただ、その文をお預かりしただけの身です。お伝えできるのは、名も知らぬ君がご立派な公達であったことのみでございます」

道満はそう続けると、一礼して立ち上がった。几帳の向こうから薫陸が現れ、小吟姫の悲しみにほだされたかのように目尻に浮かんだ涙を拭う。

「法師様、ありがとうございます。姫にとってはつらい結末となりましたが、名も知らぬ君のお気持ちは伝わりました。……貴方様のおかげでございます」

「私は、ご依頼に従って卜占を行ったまで。どうかお気を落とされぬよう、小吟姫にお言葉をおかけください」

道満は鵺を伴い、静かな足取りで踵を返した。

小吟姫の嗚咽を背に渡殿へ出るなり、道満は沈痛に下げていた頭をなにごともなかったように上げ、疲れたように肩を回した。

「やれやれ、骨は折れたがこれで一件落着だろう……実に単純なものだ」

小吟姫に渡した最後の文……それは、道満が捏造《ねつぞう》したものだった。昨晩、亀千代丸から奪った文の手蹟を元にして、鵺にその筆致を完璧に真似《まね》させたのだ。

鵺の記憶から離別の歌をいくつか引用し、霊符用の上質な紙にそれを書かせ、庭から梅の枝を一本拝借して括りつけた。薫物だけはどうにもできなかったが、奪った文にこすりつけ、申し訳程度に香りを移した。

我ながら即興の小細工だったが、見事に騙されてくれたようだ。これで小吟姫の中で文の主は永遠に、最後まで自分を想い続けてくれたが、事情により名を明かすことなく去っていった雅な公達……と、美しい思い出として残るだろう。

これで、刑部権大輔と小吟姫に貸しができたことになる。鎹の男の目論《もくろ》みは退けられたが、問題は山積したままだ。道満は邸の総門を出て河原院に向かいながら、眠たそうに目をこする鴟に問いかける。

「さて、鴟よ。鎹の男が用意させ、亀千代丸に渡した文の手蹟の主に覚えはあったか？まあ、貴族の顔はともかく手蹟を見ることはあまりないからな。記憶にないのであれば仕方あるまいが……ああ、焚き染められていた香の匂いの持ち主でもかまわんぞ」

「覚えはあります」

「なに？　それは誰だ」

やはり、鴟の力は侮れない。これは存外あっさりと、敵の正体を暴くことができるかもしれない。しかし鴟は眉根を寄せた後、ぽつりと呟いた。

「……思い出せないのです」

「……なんだと？」

道満は、思わず立ち止まった。低い位置にある鴟の、榛色《はしばみいろ》の瞳を覗きこむ。

責められているように思ったのだろう。鵺は足元に視線を落とした。

「最近、色々なことを忘れていくような気がしているのです」

思い出せない……それは、鵺の口から初めて出た言葉であった。

分からない、記憶にない、は何度も聞いた。見ていないもの、聞いていないことまでは、さしもの鵺の頭の中にも存在しない。だが、覚えはあるが思い出せない……という答えは、一度もなかったはずだ。

「私は不安なのです、色々なものを、忘れようとしていることが」

そしてそのことに対して、鵺もまた戸惑っているようだった。縹帽子の隙間からわずかに見える道満の目を、まるで縋《すが》るように見つめる。

「もしこのまま色々なことを忘れていってしまったら、私は空っぽになってしまうのではないでしょうか。なにもかも忘れてしまったら、どうなってしまうのでしょうか」

「……すべてを忘れてしまうということは、決してない」

道満は言い含めるように、ゆっくりと首を振った。

だが、常人である道満に鵺の気持ちなど想像がつくはずもない。ゆえに、彼女が陥っている不安も非常に漠然としたもので、うまい慰めの言葉も思いつかない。すると鵺は、大きな目を細めた。

「以前、道満様は覚えていることのほうが、辛《つら》いこともあると仰いました。道満様がずっと覚えていることのように、決して消えない記憶もあるのでしょうか。道満様が覚えている辛いこととは、どのようなことなのでしょうか」

その言葉に、道満の中で古い記憶が蘇った。

故郷、播磨国の美しい星空。その夜空を舐めるように照らす炎の渦。

瓦礫《がれき》の下から覗いた母の手と、背に負った雪の重み。

そして、熱風に翻る白き蝶紋の袍。

「……私は遠い昔に、色々なものを失くしたのだ。失くしたものを、それと同時に忘れてしまえば楽だと、何度思ったことか。だが、忘れられぬ。人とはそういうものだ」

それは鵺への慰めだったのか、あるいは自分自身への嘲笑であったのか。思わず鵺から目を逸らすが、彼女はなおも食い下がる。

「教えてください。決して忘れられないものとは、どのような記憶なのでしょうか」

「今日は質問が多いな、鵺よ」

今までの鵺であれば、そう咎められた時点であっさりと身を退《ひ》いただろう。それこそ、従順な式神のように。

しかし、鵺は首を振った。その双眸に気おされるようにして、道満は喉の奥で呻いた。

「……母と妹と、それを殺した鬼の記憶だ」

鵺に向かって、そのことを口にするのは初めてだった。鵺は「家族ですね」と呟くと、途端に悲しそうな顔を見せた。それは、咄嗟には感じ取ることなどできないわずかな表情の変化に過ぎない。しかし道満は、鵺もこのような表情を見せるようになったのかと驚いた。

「私に家族はおりません……ということは、色々なことを忘れ続けて、やはり最後には空っぽになってしまうのでしょうね」

その問いに、道満はなにも答えられなかった。とぼとぼと歩き出す鵺の姿を前に思い出したのは、彼女が暗い塗籠の片隅で爛々《らんらん》とした目をこちらに向けてきた、十年前の満月の出来事であった。

……そう言えばあの時の鵺は、死んだ雪と同じ位の齢《とし》だった。

十年前、鵺に手を差し伸べたのは、利用できそうな異能の力を有していた……ただ、それだけの理由だったのだろうか。

道満はいつの間にか大きくなった鵺の後姿を、呆然と眺めやった。

朝靄《あさもや》にけぶる大路に佇《たたず》む道満の脳裏に、幼い姫君の、無邪気な言葉が蘇った。

——鵺の君は、式神などではありません……人間ですよ？

四　鵺の鈴

「法師様、道満法師様」

折戸の向こうから聞こえる無邪気な声に、臥所《ふしど》に転がっていた道満は舌打ちした。のろのろと庭に出ると、折戸から小舎人童《こどねりわらわ》の顔が覗《のぞ》いていた。仕立ての良い装束を着た、愛らしい文使いだ。

「……またか」

「はい。左兵衛佐《さひょうえのすけ》様は鶍の君からのお返事を、今か今かとお待ちしております」

道満は色々とあきらめたように、差し出された文を受け取った。なにかを待つようにその場から立ち去ろうとしない文使いに、苦々しく口を開く。

「返事は預かっておらぬぞ」

「……左様でございますか」

文使いはまるで自分が恋に破れたかのようにしゅんと肩を落とし、大路へと出て行った。道満は文を所在無げに弄び、庭に立ち尽くす。

「道満様」

と、背後からの声に、慌てて文を懐に押しこむ。振り向くと、棒雑巾を手にした狩衣《かりぎぬ》姿の鵺が立っていた。

「どなたかいらっしゃいましたか？」

「気にするな。耄碌《もうろく》した坊主が、自分の家と間違えてこちらから入ってきたのだ」

そう誤魔化し、鵺の横を素通りして臥所に戻る。御簾《みす》を降ろしてから文箱《ふばこ》を開けると、そこには溜《た》まりに溜まった文が押しこめられていた。

左兵衛佐明親から鵺に宛《あ》てられた文は、季節が春を迎えはじめたころにも、途切れることはなかった。

さすがに最初のようにみずから届けるという無作法なことはせず、二回目以降は文使いを介するようになった。しかし、道満はその童に対して「文を届ける時は総門からではなく、折戸から来い」と言い含めた。

折戸は道満の臥所に近く、鵺が直接顔を合わせることはない。素直な童はそれ以来、律儀に明親の文を道満に渡しては、返歌を預かることなくがっかりした様子で戻っていくのである。

道満は、読まれることなく溜まっていく文の山を見つめた。前途ある明親の将来を思ってのことだ。若くして左兵衛佐の立場にあるのであれば、姫や女房も選び放題だろう。そもそも鵺は、恋の文にときめくどころか、こういった文を読解する情緒を持ち合わせていない。女房達のお喋《しゃべ》りに対して「恋とはなんなのですか」と本気で首を傾《かし》げては、周囲を仰天させる娘なのである。

そう自分を正当化してみたものの、やっていることは小吟姫への文を突っぱね続けていた刑部権大輔《ぎょうぶごんのたいふ》と変わらないのではないか……道満は己の葛藤を振り切るように、文箱の蓋を閉めた。御簾を上げて簀子縁《すのこえん》に出ると、注意深く辺りを見回す。

邸《やしき》の近くで妙な気配を感じるようになったのは、刑部権大輔邸での騒動から数週間過ぎてからのことだ。

計画が狂った鍐《しころ》の男とやらが、なにがしかの行動を起こす前兆だろうか。大きな動きは見られないというものの、いずれにしても油断はできない。

しかし、道満を陥れようとしている者の立ち位置は見えてきた。刑部権大輔と左近衛《さこんえの》少将《しょうしょう》文忠……道満を陥れるためにその名を利用された二名の共通点は、鶍からの情報を整理する限り一つだけだった。

……両名とも、権中納言《ごんのちゅうなごん》藤原顕光の取り巻きである。

刑部権大輔に関しては当初からその情報を得ていたが、どうやら左近衛少将文忠の父も、栄華を誇る藤原氏の恩恵に与ろうと群がる連中の一人のようだ。しかも抜け目ない道長といった権力者ではなく、無能者の顕光に取り入ろうとするあたり始末が悪い。

鍐の男が陥れようとしているのは道満ではなく、顕光なのかもしれない。

それが、現時点で道満が出した予測だった。確かに愚かな顕光は道長のように人の恨みを買うことは少ないだろうが、藤原氏の血筋というだけで優遇されていることは否めない。顕光よりも能力があるにもかかわらず、希望の官職につけずに歯嚙《はが》みしている貴族もいるはずだ。

おそらくその中に、今回の謀計を巡らせた者がいる。

本当は、鋑の男が仕込んだ小吟姫宛ての文を書いた人物を特定するのが一番早い。しかし道満は、鵺に対して強く「手蹟《しゅせき》の主を思い出せ」とは言えなかった。

……鵺は、あの不思議な能力を失いかけている。

最近、色々なことを忘れていくような気がしているのです。そう告白した鵺だったが、それ以来変わった様子はない。いや、あえて隠そうとしているのかもしれない。

鵺の頭にある経典がいよいよ満杯となったのか、あるいは幼少期だけに可能であった特殊な事象だったのか……だが、道満はそうなった理由が薄々分かりはじめていた。

「道満様、明日は奉公の日です。強飯《こわいい》は甑《こしき》の中に蒸しておくので食べてください」

と、道満の意識を現実に引き戻すように、鵺の声が飛んでくる。塗籠《ぬりごめ》に向かうと、彼女は唐櫃《からびつ》から明日の奉公に着ていく袿《うちき》を引っ張り出しているところだった。

堀河大君への奉公は、今でも続いている。中務卿女により日数は減らされたが、鵺はその日を楽しみにしているように見えた。あれだけ嫌がっていた女房装束も、苦ではなくなっているようだ。高欄に寄りかかりながらその様子を見つめ、ふと思い出す。

「そう言えば鴇、あの今様色《いまよういろ》の袿はどうした？　最近着ていないようだが」

お下がりではなく、初めて鴇のために仕立ててやった袿だ。気に入ったらしく頻繁に着ていたが、このごろ見かけない。春先に一番ふさわしい色のはずだと思うのだが。しかし、鴇はその問いには答えなかった。聞こえなかったのだろうか。

「まあいい……明日は私も、久方ぶりに内裏に向かうぞ」

「なにをしに行かれるのですか？」

なんだ、聞こえているではないかと思いながら、そう問うてくる鴇に答える。

「鎹の男の情報を集めねばなるまい。権中納言に恨みを抱いている者であると踏んではいるが、まだ特定はできていないからな。まあ、内裏にも貸しのある者……もとい、知り合いが増えてきた。文句は言われないだろうて」

その言葉に、鴇は袿を広げたままぽつりと呟《つぶや》く。

「……私が、あの文の手蹟の主を思い出せればよいのですが」

「気にするな。その代わり、お前も引き続き女房たちから情報を集めてくるのだ」

初めて「記憶を思い出せない」という状況に陥った鴇は、明らかに肩を落としていた。

道満がそう労《ねぎら》うと、少しだけ安心したように頷《うなず》く。

鴇の感情表現が、一時期に比べて豊かになったことは確かだった。おそらくは堀河大君やほかの女房との交歓によって、徐々に人間らしい情緒を取り戻しつつあるのだ。

そしてそのことと、鵺の能力が失われつつあることに少なからず因果関係があることに、道満は薄々勘付いていた。

翌日、迎えに来た牛車《ぎっしゃ》に鵺を乗せた後、道満は徒歩《かち》で大内裏に向かった。

出仕する公達《きんだち》や貴族の豪奢《ごうしゃ》な牛車に紛れながら歩く衲衣《のうえ》七条袈裟《しちじょうげさ》姿の男は、もはや宴の松原に現れるという怪異と同じように当然の光景となっていたが、どうにも今日は変な居心地の悪さを感じる。

「道摩法師殿！」

その時、中務省《なかつかさしょう》の陰から見覚えのある二人組が飛び出してきた。池辺漏刻博士《ときもりづかさ》と、黒子《ほくろ》の守辰丁《しゅしんちょう》だ。二人は道満を囲むように立ち止まると、声をひそめる。

「悪いことは申しません。しばらく、内裏には近づかないほうが良いでしょう」

「……どういうことだ」

「実は最近、法師殿について妙な噂《うわさ》が流れておりまして」

守辰丁が、愛嬌《あいきょう》のある顔をしかめる。悪い噂など慣れたものだと思っていたが、どうも今回は勝手が違うようだ。池辺が言葉を続ける。

「道摩法師殿は朝廷による統治を受け入れず、その支配を逃れて播磨に流れ着いた反朝廷集団の子孫であり、国家転覆を画策しているという噂が立てられているのです。そんな危険分子を内裏に招き入れるなど、言語道断であると」

さしもの道満も、喉の奥で唸《うな》った。法師陰陽師として詐欺師だのと言われるのは慣れているが、国家転覆とは大きく出たものだ。いわば、この国の絶対的な中枢である帝《みかど》にたてつこうというのだ。矮小《わいしょう》な法師陰陽師の個人的な評判とは、訳が違う。

「無論、法師殿がそのような企てを画策しているとは思えませんし、私どもは法師殿の潔白を信じております。おそらくは、法師殿の評判を良く思わない者たちが吹聴したとしか思えません」

「ふむ。法師陰陽師の評判を良く思わない者となると……まず思い浮かぶのは官人陰陽師なのだが、陰陽寮に所属する者としてそのあたりはどうだ？」

「そんなこと！」

「滅相もない！」

道満の問いかけに、池辺と守辰丁は声を揃《そろ》えて力の限り否定した。

「別に、お前たちを疑っているわけではない。可能性の問題だ。誰がそのような噂を吹聴しているか、少しでも知っていることはないか？」

「私どものような下級官吏には、皆目分からないのですが……上位の公達の間で噂になっていることは確かです。それが我々の耳にまで入ってくるとなると、誰かが意図的に噂を流しているとしか思えませんな」

詐欺師呼ばわりぐらいは堂々とはねのけられるが、かの帝の敵……と吹聴されてはたまったものではない。この都で内裏を敵に回すなど、死に直結する。

となるとまずは、そういった悪党を取り締まる側を抱きこんでおかねばなるまい。道満は二人に礼を告げると、忠告を無視して内裏へと進んでいく。

「ど、どこへ行かれるのですか、法師殿。あまり内裏を歩き回ると、検非違使《けびいし》に目をつけられ、下手をすれば捕らえられてしまいますぞ！」

「その、検非違使庁へ行くのだ」

慌てて止める池辺のほうを振り向きもせず、道満は大股で歩を進めていった。周囲からの視線を感じながら、検非違使が執務を行う右衛門府《うえもんふ》まで向かう。

さすがに健礼門の近くまで来たところで、検非違使らしき役人に呼び止められた。それはそうだ、咎人《とがにん》がのこのこと捕吏の元に赴いたようなものである。

「お主、芦屋道満であるな。何用であるか」

「右衛門尉《うえもんのじょう》殿と話したい。お目通り願えないか」

堂々とそう告げると、検非違使二人は顔を見合わせた。服装からすると、二人とも少志《しょうさかん》であろうか。一人が顎で促すと、一人が頷いて右衛門府の中へと駆けていく。

残った一人に監視されながら、道満はその場でおとなしく待った。ほどなくして、確認に向かった検非違使が戻ってくる。

「……来るがよい。決して妙な真似《まね》はするなよ」

予想通り、章臣はまだ道満の味方……いや、そんな都合のいい考え方はするまい。まだ、道満に借りがあることを覚えているようだ。

やはりあの時、章臣に貸しを作っておいてよかったと思いながら、道満は少志に囲まれたまま右衛門府の中に入る。

章臣はすぐに建物から出てきた。二人の少志を下がらせて周囲に人がいないことを確認すると、腰に佩《は》いた太刀を鳴らしながら簀子縁に腰を下ろす。

「お主に関する妙な噂が流れていることは知っておる。だが、私を疑うのであれば筋違いだ。お主には色々と便宜を図っているではないか、今さら裏切るようなことはせぬ」

「それは重々承知しておりますよ。我々は、持ちつ持たれつの仲ではございませんか」

確かに章臣は道満に弱みを握られているので、動機は十分だ。しかし、今になってこちらを陥れようとする理由もないだろう。

「ですが、そのように根も葉もない噂が、意図的に立てられていることは事実。右衛門尉殿なら、お分かりになるかと思いましてな……ちなみに右衛門尉殿ご自身は、どなたから私に関する噂を聞かれたのですか？」

池辺の話によると、噂の出所は上級貴族からであるらしい。上位の人間に出所を当っていけば、源流に近い場所に行きつくはずだ。章臣は一度ぐっと声を詰まらせた後、ある人物の名を告げる。

「……高平少納言《たかひらのしょうなごん》殿だ」

道満はその名前を、記憶の中から引っ張り出そうとした。だが、自分は記憶の経典をめくってすぐに情報を見つけ出すような芸当はできない。章臣の言葉は続く。

「本人は誰かから聞いた噂だなどと吹聴していたが、ほかの公達も少納言から聞いたという声を良く聞くのだよ」

「それは怪しいですな。しかし、私は高平少納言殿から恨みを買うような真似はした覚えはございませんが……」

「高平少納言殿は、学者肌の優秀な男だ。それほど血筋は良くないが、類いまれなる努力で今の地位まで上り詰めたという。権中納言殿のような無能者が、藤原氏の血統というだけで自分の上にいることが我慢ならないのかもしれん」

「それで、最近気に入りと噂のお抱え陰陽師に関する醜聞を流し、顕光の権威を失墜させようと？　愚か者の顕光など、放っておいてもそのうち凋落《ちょうらく》するでしょうに」

腐っても主《あるじ》である顕光に対して容赦ない暴言を吐く道満に、章臣は首を振った。

「そうは言っても、権中納言殿は内裏に台頭する藤原氏の者であることに変わりはあるまい。しかも、道長殿の従兄弟《いとこ》であるぞ？」

道満は熟考した。ここは一度河原院に戻り、鶺から高平少納言の情報を得ることが得策かもしれない。そう結論づけて立ち上がると、章臣が捨て台詞《ぜりふ》のような言葉を吐く。

「なんにしても、身辺には注意を払うことだな。さすがに私の立場でも庇《かば》いきれんぞ」

「おや、ずいぶんお優しいことをおっしゃる。もとより、貴殿が私のような人間を庇いだてしてくれるとは思っておりませんよ。むしろ貴殿からしてみれば、私などいなくなったほうが色々と都合がよいでしょうに」

「当たり前だ、この悪徳陰陽師が」

章臣は野犬でも追い払うように手を払った。しかしその後、独白のように続ける。

「……だが、お前は小賢《こざか》しいだけの男ではない。それぐらいは分かる」

道満はその言葉には反応せず、右衛門府を後にした。

公達から白い目を向けられながら朱雀門を抜けようとすると、前方から一人の老人が歩いてくるのが見えた。

立場のある老人は、出仕の際には必ず牛車に乗る。雑色《ぞうしき》だろうと思いながらすれ違おうとしたが、近づくにつれて伝わる妙な威圧感に気づき、足を止めた。

……安倍晴明。

初めて陰陽寮を訪れた時に相対した瞬間と同じような、自分よりも遥《はる》かに鋭い牙を持つ獣に睨《にら》まれたような感覚に陥る。思わず道満は路《みち》の端に寄り、頭《こうべ》を垂れた。だが、近づいてくる晴明は、好々爺然《こうこうやぜん》とした柔和な表情を見せているだけだ。

それは、徒《いたずら》に己の権威を誇張する貴族の虚勢とは真逆の佇《たたず》まいであった。外側だけを必死に飾り立てた、空っぽの器でない。高級な酒が満たされていることを隠すために、あえて質素に見せた器のようだ。固まる道満をよそに、晴明は足を止める。

「これはこれは、道摩法師殿」

ひょいと頭を下げられるが、道満は温厚な両目を見つめることしかできない。内裏では自分と晴明が同格の陰陽師同士のように噂されているようだったが、とんでもない誤解だ。この大陰陽師には、あと千年研鑽《けんさん》を積んだとしても勝てそうにはなかった。

「……晴明殿ともあろう方が供も連れず、車にも乗らずに出仕されるとは……」

「聞いたことはあるでしょう？　私には、十二神将が付いているのですよ。それに、徒歩のほうが足腰に良いのです。あと十年は長生きさせてもらうつもりですからなあ」

冗談なのか本気なのか分からない言葉に、道満はうまい反応ができなかった。どうもこの老人と話していると、調子が狂う。

「ところで道摩法師殿。なにやら大変なことになっているようですな」

世間話の続きのように言われ、思わず息を詰める。晴明は蔵人所《くろうどどころ》陰陽師……現在は帝と、そして内裏での絶対権力者である道長に付いている立場だ。歯牙にもかけていないとはいえ、彼にとって道満は明らかな敵なのである。

正面切って、安倍晴明と敵対するつもりは毛頭ない。道満は無難な答えを絞り出す。

「どうやら派手に動きすぎたようです。恨みを買うことも多かったゆえ。しばらく内裏からは距離を置き、細々と市井の方の頼みでも聞くことにいたしましょう」

「ふむ。しかし貴殿の目的は、内裏にあるのではないですかな？」

道満は顔を上げた。すべてを見透かされそうな視線に、思わず戦慄する。晴明は道満の内心など気にもせず続けた。

「だからこそ色々と面白き手段を使い、ここまでいらっしゃったのでしょう。私はそれを否定はいたしませんぞ。であるならば、こんな所で立ち止まってはなりますまい」

それでは。と言い残して内裏に向かって歩き出す背を、道満は呆然《ぼうぜん》と見つめる。

「貴殿は、知っているのですか」

思わず口をついて出た言葉は、まったく意味を成さない問いかけだった。

晴明の足が止まる。だが、振り向くことはない。その姿に追いすがるかのように叫ぶ。

「貴殿は知っているのですか、私が内裏を目指す理由を……白き蝶紋《ちょうもん》の鬼の存在を」

晴明はなにも言わない。しかし、道満の言葉を聞き、理解している。その背中を取り巻く威圧感の正体が、一瞬だけ見えた気がした。

それが、彼の嘯《うそぶ》く十二神将の気配であるかどうかまでは分からない。怪異を信じない道満が、その存在を肯定することもできない。

だが、もしもこの御世《みよ》に怪異というものが存在するのであれば、それは安倍晴明の元で起こるに違いない。そんな馬鹿げた確信があった。

晴明は、緩慢な動作で振り向いた。立ち尽くす道満に向かって、一言だけ告げる。

「炎には、気をつけるとよいでしょう」

穏やかな声に導かれるようにして、あの時の記憶が蘇《よみがえ》った。

播磨の星空を舐《な》める炎、つかんだ白く小さな手、翻る蝶紋の袍《ほう》。

道満は目をしばたたかせた。次に瞼《まぶた》を開いた瞬間、目の前にいたはずの晴明の姿は、忽然《こつぜん》と消えていた。

思わず額を押さえる。幻の炎の熱さが右の顔面を襲い、地面に膝をつく。

それは避け難い、白昼の眩暈《めまい》であった。


雑草の生い茂った河原院は、相変わらず静けさを保っている。

都の大路にはそろそろ桜が咲きはじめているが、手入れされていないこの庭に、そんな雅《みやび》な植物はない。山から風に運ばれた種が勝手に芽を出したのか、紫華鬘《むらさきけまん》の小さな花がぽつぽつと色を落としているぐらいである。

鵺はまだ戻っていない。道満は折戸を開けると、自分の臥所へと戻った。文机《ふづくえ》の前に腰を下ろすが、どうも集中できない。書物の続きでも読もうかと厨子棚《ずしだな》を探すが、その書物だけ見当たらない。

……鴇が持って行ったか。

鴇は勝手に道満の厨子棚を漁《あさ》って、読んだことのない書物や経典を持っていくことがある。道満は仕方なく渡殿《わたどの》を通って、鴇が寝床にしている塗籠の中に入る。その辺りをひっくり返すと、探していた書物が転がっていた。

散らばっている袿ぐらい唐櫃にしまっておいてやるかと、蓋を開ける。すると、奥から見覚えのある今様色の袿が覗いた。

最近着ていないと思ったら、こんな所にあったのか。なぜか隠すように唐櫃の底に押しこめられた袿を広げ、道満は眉根を寄せた。

袿の裾に、墨がべったりと付いているのだ。あれだけ気に入っていたのに見かけないと思ったら、単に汚しただけか。捨てれば良いものをと思って乱雑にそれを畳みつつ、ふと思う。

……なぜ隠す？

女房装束に慣れないころは、墨どころか羹《あつもの》の汁をこぼしたのなんだのと、しょっちゅう汚れた袿を棒雑巾の布にするために裁断していたものだった。首を傾げていると、外から牛車の気配が届く。

鴇が奉公から戻ってきたようだ。一瞬だけ躊躇《ちゅうちょ》するが、別にやましいことをしているわけではない。衣擦《きぬず》れの音を立てながら渡殿を膝行《しっこう》する鴉に、道満は声をかけた。

「鴉よ、書物を探させてもらっていたぞ」

板扉から顔を出した鴉は、特に道満を咎めることはなかった。だが、手にしていた今様色の袿を見て顔を曇らせる。

「最近着ていないと思ったら、墨でもこぼしたか。ただでさえ袿で唐櫃が満杯なのに、襤褸布《ぼろぬの》で場所を取るな。早いところ裁断して、雑巾にでもしておけ」

邪険に丸めた袿を塗籠の外に放ると、鴉はその袿を抱えて悲しそうな顔をした。

「気にいっていたのか？　あの女房に頼んで、また同じものを仕立ててもらうか？」

その様子に、心がざわつく。最近になって鴉が見せる表情は、どうにも道満を焦燥させた。鴉はぽつりと呟く。

「……中務様に、硯《すずり》をひっくり返されたのです」

その口から出てきた名に、道満は顔をしかめた。鴉と道満を良くは思っていないと知っていたが、こんな若い娘に陰湿な嫌がらせをするものだ。

「ふん、放っておけ。大したことではない」

「しかしこの袿は、道満様が初めて私に仕立ててくださったものです……中務様は私がこの袿を気に入っていることを知って、着ている日をわざと狙ったのです」

鴉の声に、道満は動きを止める。最初のころは、鴉はこういった女房からの嫌がらせを受けても平然としていた……それが意味することが分からなかったのだ。

だが、今はどうだ。己に向けられた悪意への悲しみを感じ、そして道満から与えてもらった袿を汚してしまったことを申し訳なく思っている。

当たり前のことかもしれない。しかしこのわずか数カ月で、鵺はそういった感情を知ったのだ。

人ならぬ能力を持ち、自分にのみ仕える式神《しきがみ》であったはずの鵺が、人らしい感覚を身につけはじめている。

否、道満が幼いころに無理やり押さえつけていた感情が、正しく戻りはじめている。

道満は黙りこんだ。もしかしたらその沈黙を、怒りと感じ取ったのかもしれない。鵺は肩をすぼめて塗籠の中に入り、板扉を閉める。

薄い一枚の板扉が、自分と鵺を隔てる分厚い壁のように感じられた。道満は、いつか自分が鵺に言った言葉を思い返す。

あれは、入内《じゆだい》を拒む堀河大君の話をした時だ。彼女はお前のように、自由ではない
……確かに道満はそう言った。

だが違う、鵺も決して自由ではなかった。その枷《かせ》になっていたのは、ほかならない自分自身だ。十年前の満月の夜を思い出す。今は廃墟《はいきよ》となっている下級貴族の邸で、扉を押し開けた時。暗闇の中でこちらを見つめ返してきた、榛《はしばみ》色《いろ》の獣の目を。

書物を抱えたまま、自分の臥所に戻る。すると、折戸の向こうから気配を感じた。また鍛の男の密偵かと身構えるが、聞こえてきたのは、若い男の声だった。

「法師殿、道摩法師殿」

折戸に視線を向けると、狩衣を着た公達が邸を覗きこんでいる。左兵衛佐明親であった。最近は文使いに任せて姿を見せなくなっていたので、顔を合わせるのは久しぶりだ。

「左兵衛佐か……なんだ、こんな夕刻に」

邪険な言葉を返しても、明親は気にせず折戸の中にまで入ってくる。

「いらっしゃいましたか！　いやあ、朝方とお昼にも伺ったのですが、どなた様もいらっしゃらなかったので、本日はあきらめようかと思っておりました！」

今日は道満が内裏に行っていたので、誰も対応する者がいなかったらしい。雑草に足を取られながら近づいてくる明親を眺めやり、どれだけ暇なのだと思ったが、今日は出仕が休みの日なのだろう。

「……して、なんの用だ」

分かっていながら道満があえて聞くと、予想通りに明親は文を取りだした。

「鵺の君に文をお届けに来たのです！　今回は自信作でございますぞ、そろそろ返歌がいただけるのではないかと思い、矢も盾もたまらず来てしまったのです！」

「今日も返事は預かっておらぬぞ」

桜の文付枝で飾られた文を受け取りながらそう言うと、明親は道満の顔を見上げながら珍しく食い下がった。

「私は鴇の君を想《おも》うがゆえ、数多《あまた》の姫君との縁談を断り続けているのです。どうか一度だけでも、お返事をいただけませんでしょうか？」

「以前も告げたが、鴇と貴殿ではあまりにも身分が違う。その立場に相応《ふさわ》しい、やんごとなき姫君を妻に迎えたほうが、貴殿の将来と一族のためだ。父君も叔父上も、それを望んでいるだろうに」

「私も前に告げましたが、身分の差など気にしません！」

明親は道満の顔を睨《ね》め上げるようにして、必死に首を振った。

「なぜ、貴殿はそこまで鴇に執心する。あれが普通の娘ではないことは分かっているだろう。嫁迎えなどしたら、周囲になにを言われるか分からんぞ」

「法師殿もご存じの通り、私は辛《つら》い境遇を鴇の君に救っていただいたのです。元服を迎えたころは周りから頼りないなどと笑われ、あわや道を踏み外しそうになりましたが、最近は厳しい父君からも一目置かれるようになっております。それもこれも鴇の君のおかげ……その想いを伝えたいだけなのです。周りからどう思われようが気にいたしません！」

道満が根負けして問うと、明親はそう熱弁した。縹帽子《はなだもうす》の隙間から、じっと明親の顔を見つめる。かなりの威圧感だっただろうが、明親はその視線を受け止めた。

「なにがあっても、鵺を守る自信があると申すか」

「もちろんでございます」

明親は力強く頷いた。少々頼りないが、その想いは伝わってきた。それは、文箱に溢《あふ》れるほど入れられたままの文が証明している。

「……分かった。鵺に伝えておく」

何度も口にした言葉だ。だがそれは、今までの軽くあしらう調子ではなかった。そんな声を出してしまったことに我ながら驚きつつ、道満は文を懐に入れた。明親は勢いよく頭を下げると、折戸の向こうに消えていく。

道満は臥所に戻ると、文箱の蓋を開けた。積まれた文の山が、責めるようにこちらを見返してくる。新たな文を加え、静かに蓋を閉める。

しばらくそのままの体勢で熟考した後、道満は立ちあがった。すでに邸は、春の闇に包まれている。台盤所《だいばんどころ》に向かうと、先ほどのことは一切忘れてしまったかのように……忘れるはずもないのだが……鵺が夕餉《ゆうげ》の準備をしていた。

「また坊様が迷いこんだのですか？」

「……そうだ」

平淡な声で問われ、道満はそう答えた。鈴が静かに鳴っている。聞き慣れたその音が、責めるように道満の頭を揺らす。

いつか聞いた堀河大君の問いかけ、そして自分が白き蝶紋の鬼に向かって叫んだ言葉が、螺旋《らせん》を描いて首筋に絡みついてくる。

知っている。

鵺は、鬼ではない、式神でもない……人間だ。

「……鵺の鈴を、取ってやる時が来たか」

道満は縹帽子の中で、ぼそりと呟いた。その言葉は、鵺には届かなかっただろう。それでいい、もう鵺の耳に聞こえるのは、道満の声だけではない。彼女を鬼でも式神でもなく一人の人間として扱い、愛してくれる人々がいる。

道満は音もなく身を退くように、台盤所を後にした。渡殿まで出れば、鈴の音は聞こえない。静寂の中で、薄靄《うすもや》にけぶる月を見上げる。

そろそろ葵《あおい》祭《まつ》りの季節だ。生い茂った庭の向こうに、大路に咲く桜が淡い光を放つように、白々とした色彩を見せていた。

「道満様。今日は奉公の日ではないのに、なぜ女房装束を着るのですか？」

「黙っていろ。もういい加減慣れて来たころだろうが」

数日後、道満は不服そうな鴇の前で、届いたばかりの包みを広げた。中から真新しい今様色の袿が現れる。

最初に仕立ててやったものと同じ染殿と織物所に頼み、裁縫が得意な女房に急いで作らせた袿だ。鴇は顔を輝かせて喜ぶ。

「ありがとうございます、道満様。とても嬉《うれ》しいです」

「なに、餞別《せんべつ》だ」

怪訝《けげん》そうな顔を見せる鴇に、道満は首を振った。

「気にするな。そろそろ牛車が来る、早いところ仕度をしろ」

鴇が纏《まと》ったのは、今様色と白の袿を合わせた春らしい桜襲《さくらがさね》だった。下げ髪に飾る、総角結《あげまきむす》びにした組紐《くみひも》は蘇芳色《すおういろ》。その先端に括《くく》りつけた鈴が、ちりちりと鳴る。どの邸に女房として奉公に出しても、恥ずかしくない姿だ。

河原院の総門前に止められた牛車は、簡素だがしっかりした造りのものだった。鴇はそれを怪訝そうに眺めやる。

「いつも迎えに来る、権中納言様の牛車ではないようですが」

「刑部権大輔殿から借りたものだからな」

いつも通り堀河院に奉公へ行くのだろうと思っていたらしい鴇は訝《いぶか》しげな表情を見せるが、道満が促すと素直に乗りこんだ。

「どこへ行くのですか？」

「花見だ」

道満は牛飼童《うしかいわらわ》に命じて牛車を出発させた。大路には、桜を見るために多くの牛車が停《と》まっている。誰が乗っているとも知れない車が紛れていても、目立つことはない。

「道満様とは何回も春を迎えましたが、花見は初めてです」

「桜ぐらい、共に何度も見ただろうが」

「はい。ですが、花見は初めてです」

鵺は楽しげな様子で外の景色に視線を投じた。牛車は大路をのろのろと進んでいく。花を見るにはちょうどいい速度だ。道満もまた、朝の陽光を反射させているような桜を振り仰ぐ。

「播磨から上洛した時は、都というものはどこもかしこも整然としすぎて面白くないと思っていたが……桜だけは美しい、そう感じたものだ」

「道満様が生まれた播磨国とは、どのような場所だったのですか？」

そんなことを聞かれたのは初めてだ。道満はごまかそうとして……思い直した。

「播磨か……華やかではないが、山と河に囲まれた、美しい国だった」

決していい思い出ばかりの場所ではないが、あの国が自分の故郷であることに間違いはない。麗しい山河の国に思いを馳《は》せる。

「特に、星が綺麗《きれい》な里だった。星読みに最適な場所ゆえ、あの国は法師陰陽師たちの里となったとも言われている」

「それではいつか、播磨国へ連れて行ってください」

いつか、という言葉に、道満は苦笑した。

「あの場所に、いい記憶などないのだよ」

「道満様は故郷の話をされる時、いつもそんな顔をされるのですね」

縹帽子で顔を覆っている道満の表情など、読み取れるはずもない。そんな顔とは、一体どんな顔だ。

「私は……」

だが、特段おかしいことではないのかもしれない。不思議な力を持つ鵺が、こちらの内心を見透かしていても驚きはしない。

その考えに触発されたわけではないが、道満はやかましい轍《わだち》の音の隙間を縫うようにして語りはじめた。

「私は播磨国岸村の、貧しい農民の生まれであった。父の記憶はない。母が妹を産んだ後、疫病かなにかで死んだのだろう。生活は苦しかった。私も母も妹も常に飢え、木の根を齧《かじ》って生きていた……だが、不思議と幸福だったように思う」

鵺は、置物のようにじっと動かない。視線は物見窓の外に向けたままだ。

「妹は雪といった。雪は、不思議な女童《めのわらわ》だった。生まれつき驚くほど肌が白く、童だというのに髪の毛は老人のような白髪で、目は不思議と赤かった。外に出ると、太陽が眩《まぶ》しすぎると泣いた。陽《ひ》の光に少し当たるだけで、白い肌はまるで火傷《やけど》したように真っ赤に焼けた。仕方なく、母は雪を決して外に出すことなく、荒屋《あばらや》の奥に置いていた」

道満は、平淡な口調で続けた。これは独白に過ぎない。懺悔《ざんげ》でもなければ恨み節でもない。

「ところがある日、私たちの荒屋を訪れた農民が雪を見てしまった。農民は雪の姿に恐れ戦《おのの》き、あの家には白鬼《はっき》の子が棲《す》んでいるのだと周囲に吹聴した。その話を聞いた人々は家を覗きこみ、雪を見ては震えあがった。いつしか私の家には白鬼が棲まうと噂され、母は鬼とまぐわったのだと村人から後ろ指をさされた」

遠い記憶が蘇った。寒さと暑さに苦しみ、常に飢えていた幼少の日々。

それでも自分は母と妹を守らねばならないと、必死になって働いた。その努力がいつか報われると思うほど楽観的ではなかったが、すべてを踏みにじられる日が来ると思うほど悲観的でもなかった。

自分たちはただ、貧しくても三人で寄り添って暮らせるだけで良かったのだ。

「涸《か》れていた井戸には糞尿《ふんにょう》が投げこまれ、田畑は荒らされた。ただでさえ食べるものも飲むものもなかった私たちは、さらに飢えた。私たち親子に気を配ってくれる人間は、正岸寺に住む智徳法師という陰陽師だけだった。彼は時々寺からやってきて、こっそり水や穀物を恵んでくれた。彼がいなければ、我々は餓死していただろうな……後のことを考えると、もしかしたらそのほうが幸福だったかもしれんが」

「海賊を退治したと言われる、あの智徳法師様ですか？」

「ああ、その通りだ」

道満は頷き、くだらない寝物語のように続ける。

「そんな折に酷《ひど》い日照りが続き、干ばつが起きた。村人たちは必死で雨乞いをしたが、一向に雨は降らない。そんな中、一人の農民が言った。これは、白鬼の祟《たた》りに違いない。この村には鬼とまぐわった女がいる、その天罰が下ったのだと。農民たちは速やかな白鬼の討伐を、偶然都から来ていたある貴族に嘆願した。貴族はその話を聞き、こう言ったという。『それは、悪《あ》しき白鬼の仕業に違いない。我々の手で鬼を退治すれば、きっと神々もこの地に雨の恵みを与えてくださるだろう』と」

物見窓から舞いこむ桜の花弁が、あの時の火の粉のようだと思う。いつしか自分は人々が美しいと感じるものに対して、反抗的な見方しかできなくなってしまったのだ。

「かくして、白鬼の討伐が行われた。男たちはあらん限りの弓と太刀を持ち、戦装束に身を固めた貴族の後に続いた……笑える話だ、飢餓で死にかけた女と、その二人の子供を殺すだけで、その騒ぎなのだからな。しかし、彼らは白鬼を恐れていた。直接荒屋に乗りこむのではなく、四方から火を放った。乾燥した空気の中で、荒屋は面白いほどによく燃えたものよ」

温かさを孕《はら》んだ風が吹きこみ、鵺の髪に結ばれた鈴が微《かす》かに鳴った。

「燃え落ちた柱の下で、母は死んだ。私もひどい火傷を負っていたが、雪を抱えて逃げた。行く先は、正岸寺しか残っていなかった。智徳法師ならば、私たちを救ってくれるに違いないと。だが、その途上で村の者たちに見つかった。その後のことは、よく覚えていない。記憶にあるのは……立ち塞がった貴族が着た、白地臥蝶《ふせちょう》の袍だけだ」

道満の記憶など、鵺の頭に詰まっているものに比べれば微々たるものだ。しかし己が生きてきた月日の中で、もっとも鮮烈に脳裏に刻まれている映像は、あの一瞬だった。

そして意外なことに、その光景はひどく美しかった。

赤々と燃える炎を背に翻る、眩しいほどに純白の袍。

刻まれた臥蝶の紋が、まるで一斉に羽ばたくように舞い上がる。

だからこそ自分はその時の出来事を、狂おしいほど鮮明に覚えているのだ。きっと一生忘れまい。死ぬ瞬間も思い出すのは、あの時に見た白き蝶紋の袍に違いない。

「気づいた時、私は正岸寺にいた。死にかけていた所を、智徳法師に救われたのだ……だが、傍らに妹はいなかった。法師はなにも言わなかったが、きっと奴《やつ》らに殺されたのだろう。当たり前だ……彼らの目的は、雪を殺すことだったのだからな」

村人たちが自分を見逃した理由は分からない。さすがに鬼というわけでもない、年端《としは》もいかない童を手にかけるのは良心がとがめたのか。あるいはこれほど酷い火傷を負っていたら、放っておいても息絶えるだろうと判断されたのか。

いずれにしても次に自分が見たものは、慈悲深い法師の顔だった。全身の痛みに泣きじゃくる自分に法師は一晩中寄り添い、火傷痕に水で冷やした布を宛てがってくれた。

「私は正岸寺に住みこみ、智徳法師の下で法師陰陽師としての知識を学ぶことになった。しかしその目的は、本来陰陽師が目指すべきものとは真逆の方向にあった……私は、鬼の非存在を証明したかったのだ。雪があのような風貌で生を受けたのは、なにか理由があるはずなのだ。鬼や怪異などの仕業ではない、明確ななにかが……ただ、それを明らかにしたかった」

あれから長い時が過ぎたようにも、一瞬だったようにも思う。ただ、自分だけ生きながらえた理由は必ずあるはずだった。失った右の顔面を人々に恐れられ、家族を失い、それでも生きようとしたのは、一つの目的があったからだ。

「智徳法師は聡《さと》い人だ。私の思いを分かっていた。それを知りながら、私にあらん限りの知識を与えてくれた。だから私は、怪異を信じぬ陰陽師なのだ。鬼の存在を認めてしまったら、私まで雪を鬼だと認めてしまうことになる」

「道満様はその答えを得るために、都へ上られたのですか？」

鵺の問いかけに、道満は首を横に振った。

「その時の私はまだ、上洛しようという考えはなかった。確かに播磨は、自分のすべてを奪った人々が暮らす場所だ。だが、法師は常々私に言い聞かせていた……人を恨んではならない、と。だからこそ私は、復讐《ふくしゆう》など考えなかった。むしろ陰陽の力を使い、智徳法師と同様に人々を救いたいと願っていたのだ」

そこで一旦言葉を切り、道満は自嘲した。

「……今の私からは想像もできないだろう。笑いたければ笑うがいい」

鵺は、なにも言わずに目を伏せた。春風が一際強く吹く。都を覆い尽くす桜の花も、じきに散るだろう。

「だがある日、一人の農民から聞いた噂話によって、その考えが一変した……私たちの荒屋に火を放った貴族は内裏に戻った後、退治した白鬼の骨を持ち歩き、己の武勲を誇っているのだと」

道満は袈裟の上で拳を握りしめ、すぐに開いた。

「私は、白き蝶紋の貴族を見つけ出し、殺すことを決めた」

名も知らぬ貴族。知っているのは、臥蝶の紋を背負っていたことだけ。

しかしその話を聞いた時に道満の胸を食い破るようにして襲ったのは、怒りでも悲しみでもなかった。

それは純粋な、恐怖であった。

その時、初めて道満は知ったのだ。世の人々が鬼や怪異を恐れる気持ちは、これに近いものなのかもしれない。それはなんと昏《くら》く悲愴《ひそう》で、絶望的なものだろうか。

もしもこの御世に真の鬼がいるとすれば、それはあの、白い蝶紋の男だ。

一人の陰陽師として、奴に憑《つ》いた鬼を疾《と》く祓《はら》い、雪の骨を取り戻すのだ。

「智徳法師にはなにも告げず、私は十六で播磨を出て上洛した。陰陽の力は人に尽くすために使えという教えも、人を恨んではならないという言葉も、すべて裏切る形でな。その因果か、私が京に着いてすぐに、法師は亡くなったそうだ。だが、私は播磨に戻らなかった。法師の墓参りをすることも、おそらく一生ないだろう」

白き蝶紋の鬼に対する手がかりは、あまりにも少なかった。上級貴族であることは確かだが、不自然なほどその情報だけが抜け落ちていた。

ならば自分が内裏にまで乗りこみ、殿上人どもの顔を一人ずつ上げさせてでも探し出すのだ。もし死んでいたとしたら、その墓を暴いてでも、雪の骨を取り戻すのだ。

長い語りを終えた道満は居住まいを直し、鵺に視線を向ける。

「お前の力にも、必ず理由がある……雪と同じように。お前は鬼ではない、式神でもない……人間だ、それを忘れるな。私がいずれ、それを証明してやる。約束だ」

そして道満は、鵺に向かって手を差し出した。

鵺はその大きな手をしばし見つめた後、両手で掌《てのひら》を握り返してきた。

その瞬間、道満は鵺と初めて会話を交わしたように思えた。あの満月の夜に手を差し伸べてから、ずいぶんと長い時間がかかってしまったような気がする。

道満は前簾《まえすだれ》を上げ、牛飼童に車を停めさせた。どこかに着いたのかと腰を上げる鵺を手で制し、自分だけ牛車から降りる。そして、物見窓から鵺の顔を見据えた。

「よいか鵺。お前は、このまま吉野に行くのだ」

鵺はなにを言われたのか理解していない様子だったが、道満は構わず続ける。

「小吟姫の別邸だ。物忌みのためと言って刑部権大輔殿に頼み、しばし借り受けている。身の回りの世話は、薫陸の君に頼んだ。少なくとも、河原院よりは住みやすいだろう」

背後を通り過ぎた牛車が立てる轍の音で道満の声が聞こえなかったのか、身を乗り出す鵺の肩を押さえつける。

「そして時が来たら、再び上洛しろ。お前がこの都で生きていく方法は、数多ある。堀河大君の下で、女房として奉公し続けてもいい。お前は大君のお気に入りで、学もある。大君が入内した後もお付きの女房として、後宮《こうきゅう》で不自由なく暮らすことができるはずだ」

道満は、先ほどまで自分が座っていた場所に置いたままの文箱を示す。

「あるいは、その文の主である左兵衛佐明親の元へ嫁いでもよい。あれは少々頼りないが、実直な青年のようだ。お前を想う気持ちも嘘《うそ》ではない。親戚には池辺漏刻博士もいる。お前を悪いようにはしないだろう」

ずっとしまっておいた、明親からの文だ。まだ鵺は、その文の内容を理解できないかもしれない。しかし年相応の感情の機微が芽生えはじめている鵺であれば、いずれその想いを理解できる日が来るだろう。

「それも拒むのであれば、安倍晴明を頼れ。お前にはその辺の陰陽生《おんみょうしょう》に負けずとも劣らない、陰陽の知識がある。本来であれば女性《にょしょう》が陰陽師の職に就くことなどできないが、晴明殿の加護の下であれば可能だろう」

道満は内心で苦笑した。鵺には、今や数多の選択肢がある。結局、彼女の生き方を支配していたのは自分であったのだ。

「道満様は、どうされるのですか？」

鵺はいまだに状況が理解できないように首を傾げる。道満はその疑問には答えず、鵺の髪に括られた鈴に手を伸ばした。

するとと鵺は組紐をつかみ、頭を引いた。道満は苛立《いらだ》たしげに手招きをする。

「鵺、その鈴を外せ」

「嫌です」

「なぜだ」

「これは、道満様からいただいたものです」

淀《よど》みない返事に、道満は声を詰まらせた。だが、ここでくだらない攻防を繰り広げていても埒《らち》が明かない。

「……ならば勝手にしろ」

牛飼童に車を出すように指示すると、車はゆっくりと進みはじめる。鴇が前簾を開けてなにかを叫んでいるが、道満は踵《きびす》を返した。

「道満様！」

幾度となく聞いた声だ。しかし、それは長いこと耳にしていた平淡な声ではない。いつの間に鴇は、これほど感情のこもった声が出せるようになっていたのだろう。それがあまりにも別人のような叫びであったので、決意に反して足が止まった。鴇の、悲愴な声が耳に刺さった。

「道満様！　私がお役にたたなくなったから、捨てるのですか！」

違う。

……お前は、私の元を離れたほうが良い。ただ、それだけだ。

そう答えることは、簡単だっただろう。だが、道満は有無を言わせない動作で頷いた。

「そうだ。今のお前は、私には必要ない！」

少なくとも、それは事実だった。

道満の声が、都の大路に反響する。そして今度こそ道満は、牛車に背を向けた。

鵺の声は、もう聞こえてこなかった。吉野までの長い道程《みちのり》に耐えられるよう、牛車は丈夫なものを用意させ、牛飼童も屈強な者をつけさせた。なにも心配はいらない。

自分と鵺を隔てるような、強い春風が吹いた。不意に、耳元を鈴の音が掠《かす》める。はっとして振り向くが、背後にはただ、轍が残されているだけだ。

ふと、着ていた袈裟にぽつぽつと滴が当たっていることに気づく。いつの間にか都の空を覆っていた雲の隙間から小雨が降っていた。

春の天気は変わりやすい。周囲に停められていた花見の牛車も物見窓を閉め、牛飼童たちが慌てて轅《ながえ》を引いている。

道満はその流れに逆らって立ち止まり、しばらく雨が降り落ちる様を見つめていた。

もう数日後には、都を埋め尽くしていた桜は、跡形もなく散ることだろう。


高平少納言が、疫病に臥《ふ》せった。

その知らせをもたらしたのは、池辺漏刻博士であった。下級官吏とはいえ内裏に出入りしている彼は道満を心配し、たびたび河原院を訪れては情報を流してくれるのだった。

「ほう、高平少納言が……」

勤めが終わってそのまま足を運んだのだろう。すでに陽の落ちかけた時間ではあったが、道満は池辺を歓迎した。簀子縁に座った池辺は、周囲を気にするように視線をせわしなく動かしている。

「ええ。法師殿と権中納言殿を失墜させようと画策していたと見られますが、最近は臥所から動くこともできず、もう長くないという噂です。最近になって内裏では、またも疫病が猛威を振るいはじめ、有力な公達が次々と倒れているのですが……」

そこまで言って、池辺は恐怖に戦いた視線を道満に向ける。

「ま、まさか法師殿、少納言殿に対して、禁じられている呪詛《じゅそ》など……！」

「人聞きの悪いことを言うな。私の悪運が強いだけだ」

根も葉もない言いがかりだ。道満の持論からすれば、陰陽道における呪詛の効果などたかが知れている。道満は頬杖《ほおづえ》をつきながら呟く。

「と、言うよりも……強いのは権中納言の悪運のほうだな」

池辺の言葉通り、今の内裏は疫病が蔓延《まんえん》し、地位のある公達が次々に命を落としている。だが、顕光は病魔などどこ吹く風といった調子だ。無能者は心労が少ないからだろうか。

それだけではなく、彼の上にいる公達が次々と倒れて公卿に多くの空席が生じているため、このままでは黙っていても昇進できてしまう。次の除目《じもく》で権大納言に列せられることは確実だ。もしかしたら、あの無能者が左大臣の座に就く……といった未来もあり得るかもしれない。この国の将来は大丈夫なのか、若干不安になる。

だが、それは引き続き顕光が多くの者から恨みを買うことも意味している。現に高平少納言が病に臥せったのはしばし前のことだというが、不穏な気配が消えることはない。

鍛の男は、高平少納言ではなかったのだろうか。道満の内心を知ってか知らずか、池辺はこちらに身を乗り出す。

「内裏では法師殿の無実を訴えている者もいらっしゃいます。特に、検非違使大尉殿の存在が大きいようですな。悪党を取り締まる側の彼が法師殿を信じられているということで、ある程度の反発は抑えられているようですぞ」

「あの男がか……」

人間、どこで誰に助けられるか分からないものだ。池辺の報告は続く。

「確かに、内裏での不名誉な噂は収束する様子を見せません。まあ、噂が独り歩きをしている可能性もございますが、油断されないほうがよろしいかと……」

「分かっている。苦労をかけるな」

そう労ってやると、池辺は意外な言葉を貰《もら》ったように目を白黒させた。咳払《せきばら》いして、御簾の奥に視線を向ける。

「そう言えば、鵺の君は物忌みであると……」

「そうだ、ここには戻らぬ」

久方ぶりに聞くその名に、道満は感情をこめずに答えた。

物忌みとは穢《けが》れを避けるため、外出を控えることを言う。方違《かたたが》え……陰陽道によって凶だと判断された方角を避ける風習と合わせ、通常暮らしている邸とは別の場所に籠ることも少なくない。

堀河大君にも、鵺は物忌みのため吉野にしばし籠ると説明すれば、奉公を休むこともすぐに納得してくれた。老坊主や、まだ文を届けに来る明親に対しても同じ説明をすれば、まったく疑われることはない。

しかし鵺は、もうこの河原院に戻ってくることはない。近いうちに道満も、この邸を引き払うつもりでいた。どうも自分は鵺と共に、この都で不必要な人との繋がりも構築してしまったようだと池辺を眺めやる。

「さあ、こんな所に長居をしていては、貴殿の身辺も疑われるぞ。もう陽が落ちる、またなにか動きがあれば、報告してくれ」

「かしこまりました。しかし鵺の君がいないと、法師殿も退屈なことでしょうな」

「くだらぬことを言うな、一人のほうが気楽なものだ」

「そうですかな、少しばかり寂しそうに見受けられますぞ」

縹帽子の下から乾いた視線を向けると、池辺は肩を震わせて立ち上がった。身を縮めて折戸から出て行く背中を見送り、道満は庭に視線を巡らせる。

「高平少納言は消えた……が、敵の気配は途絶えぬか」

道満は自分の臥所に戻り、文机の前に座った。静寂の中、燭台《しょくだい》に火を灯《とも》す。

螺鈿《らでん》の文箱から、一通の文を取り出す。綴の男の正体に繋がる唯一の手がかり……亀千代丸が携えていた、道満を陥れるためにしたためられた偽の文だ。顔を近づけると、焚《た》き染められた香の匂いはすでに薄れている。

……鵺はこの手蹟を、思い出せない、と言った。つまり、確実にどこかで目にしているのだ。

顔や噂話ならともかく、手蹟を目にする機会などそうそうない。道満は流麗にしたためられたその文字を、穴の開くほど見つめる。

——道満様！　私がお役にたたなくなったから、捨てるのですか！

悲痛な叫びが、脳裏に蘇った。

道満は強く首を振った。これで良かったのだ、鵺はあの不思議な力を捨てるべきだ。それに気づかせてくれたのは、この文だ。これから再び一人で白き蝶紋の鬼を探さねばならない以上、鵺の記憶に頼ることを考えてはならない。

自責の念に駆られる道満を現実に引き戻したのは、門から届いた牛車の気配だった。

はっと顔を上げる。こんな夜更けに訪ねてくる者に心当たりはない。正面切ってやってくる以上、密偵でもあるまい。

文を箱に戻し、門に向かう。雑色が持つ松明《たいまつ》の炎に照らされて、そこには一台の女房車が止まっていた。毎日のように鴇を迎えに来ていた、堀河院の牛車だ。

道満が立ちすくんでいると、前簾から覗いていた出衣《いだしぎぬ》の主が姿を現した。堀河院で、何度か顔を見たことがある女房だ。彼女は衵扇《あこめおうぎ》で口元を覆いながら告げる。

「道摩法師殿、堀河大君がお呼びでございます」

「……このような時間に？」

すでに時刻は夜半だ。道満は訝しむが、女房は恭しく頭を垂れる。

「はい、なにやら大事なお話があるとのことで……」

鴇がしばらく奉公を休むことに対する抗議だろうか。いや、権中納言を通じて、物忌み中だとは伝えたはずだ。道満はしばし逡巡《しゅんじゅん》したが、拒否する理由もない。

「かしこまりました。疾く、徒歩で堀河院まで向かいましょう」

しかしその言葉に、出車《いだしぐるま》の横に控えていた雑色が促すように松明の光を後方に向けた。そこには、闇の中に隠すようにしてもう一台牛車が停められている。

今までも権中納言に呼びつけられたことはあったが、わざわざ牛車を手配してくれたことなど一度もなかったはずだ。よほど火急の用事なのだろうか。

「さあ、お乗りくだされ」

雑色に急《せ》かされ、道満は渋々踏板に足をかけた。堀河院で、なにかが起きている。妙な胸騒ぎと共に道満が牛車に乗りこむと、ほどなくして車輪《くるまのわ》の軋《きし》む音が響いた。

不愉快に揺れる牛車の中は、完全な暗闇だ。前簾と物見窓からわずかに見える松明の光だけが、頼りなく揺れている。

しばししてたどり着いた暗闇に浮かぶ堀河院の総門は、まるで初めて見るもののように道満の前に立ち塞がった。

散りはじめた桜の花弁が風に舞っていたが、夜更けに見るそれは現世を彷徨《さまよ》い歩く霊魂の欠片《かけら》のようだ。ようやく牛車が停められ、車宿《くるまやどり》の傍《そば》で降ろされる。

「こちらでございます」

一人の雑色が松明を掲げ、渡殿を歩きはじめた。寝殿ではなく対屋《たいのや》のほうに向かっていることから、やはり用事があるのは堀河大君らしい。

……よもや鵺が、吉野から大君に文など宛てたのではあるまいな。

理不尽に道満に捨てられたことなどを大君に訴えたのでは……などと思ったが、鵺がそのような真似をするはずがない。彼女は与えられた環境をそのまま受け入れ、順応していくことができる娘だ。今ごろは吉野で新たな生活を送っているに違いない。だからこそ道満は、あのような選択をしたのだ。

ならば、このような夜更けに何用だろうか。よもや顕光や自分を狙う鏃の男の手が、大君にまで伸びているのだろうか。道満は周囲への警戒を怠ることなく雑色の後に続く。

寝殿から離れ、対屋に入る。ひと気はなく、簀子縁の向こうで降ろされた几帳《きちょう》が風に揺れて悲しげな音を立てている。

そこで初めて、道満は立ち止まった。

「……雑色よ」

声をかけると、前を歩いていた雑色も足を止めた。だが、振り返らない。

「堀河大君の御座《おまし》は、こちらではなかったはずだが」

道満の声は、誰も受け止める者がいないように虚《うつ》ろに響いた。

以前、摂津の君に連れられて大君と対面したのは、西の対《たい》であったはずだ。今歩いている、東の対ではない。

それ以前に、この東の対には人の気配というものがまったくない。いくら夜半とはいえ、女房や家人の気配すらないのはおかしい。

いや……人の匂いは、微かにある。息をひそめているような、消し切ることのできない緊張感のようなものが。

後方から衣擦れの音が届いた。振り向くと、そこには見覚えのある女房が立っていた。

面長の顔に三日月形の眉墨。細い両目は吊《つ》り上がり、険のある顔つきをさらに鋭く見せている。蘇芳と二藍《ふたあい》、闇と同化するような檜皮色《ひわだいろ》の襲。一体、いつからそこにいたのか。道満は亡霊のごとく現れたその女の名を、胸中で呟く。

……中務卿女。

彼女は、堀河大君に最も近い女房だ。大君が自分に用事があるというのであれば、迎えに現れてもおかしくはない。

しかし、この背筋を這《は》う悪寒は一体なんだ。道満はその場から動こうともしない中務卿女に対して、底知れぬ怖気《おぞけ》を覚えた。

中務卿女が、なにごとか呟いた気がした。だが、その声は道満にまで届かない。釣燈籠《つりどうろう》に灯すら入れられていない周囲を唯一照らす明かりは、雑色が掲げた松明だけだ。中務卿女の口の動きすら読み取れない。

その時だった。中務卿女が、まるで舞でも踊るかのように片手を上げた。重ねられた袿の裾が見え、道満の鼻先を麝香《じやこう》の匂いが掠めた。

……この匂いは。

刹那、道満は高欄に手をかけ、庭に飛び出そうとした。

しかし、一瞬だけ遅かった。簀子縁の奥、几帳の陰に潜んでいた何者かが、体ごと突っこんできた。

その手に握られたのは、淡い月の光を反射させる懐剣だ。道満は武装した何者かの腕を捻《ひね》り上げ、床板に体ごと叩《たた》きつける。

刹那、周囲を照らしていた唯一の明かりが消えた。雑色の掲げていた松明が、庭の池に投げこまれたのだ。

突如訪れた完全な闇に、さしもの道満も怯《ひる》んだ。その隙に、再び何者かに体当たりされ、膝をついた。

わき腹に潜りこんだ懐剣の感触に、痛みよりも先に寒気が襲ってきた。幾重にも織られた衲衣七条袈裟と法服を貫いた剣を乱暴に抜き取る。血の放物線を描き、刃は金属音を立てて床板に転がる。

その懐剣に向かって悠然と歩を進めるように、衣擦れの音が近づいてきた。段々と濃くなっていく麝香の匂いに向かって、道満は傷口を押さえながら吐き捨てた。

「中務の君、まさかお前が……」

常闇の向こうで、白々とした中務卿女の顔が薄ぼんやりと浮かび上がった。紅の引かれた薄い唇が吊り上がる。

しかし、道満が確認できたのはそこまでだった。背後から忍び寄った何者かの手によって頭部を殴打され、道満の意識は闇に沈んだ。

湿った空気の籠る臭いが、不愉快な覚醒を促した。

目を開けたはずだが、なにも見えない。手探りで縹帽子をはぎ取る。

身を起こそうとした瞬間、わき腹の痛みに呻《うめ》いて膝をつく。床板の感触が体を通して伝わり、ここが室内であることは確認できた。

辺りを探ろうとするが、痛みでうまく動けない。感覚を失《な》くした腹部が、大量の出血によってじっとりと湿っている。この空間に籠る不快な臭いには、少なからず自分の血生臭さも含まれているはずだった。己の置かれた状況を把握しようと床を這うと、掌が壁らしきものに触れる。

暗闇に慣れてきた目が、周囲の様子を薄ぼんやりと捕えはじめる。古びた几帳、端に積まれた経典の山、使われた形跡のない唐櫃。堆積した埃《ほこり》の中で、それらが虚ろな気配を放っている。開放的な寝殿造りの邸で、唯一四方を壁に囲まれた場所……

「塗籠……」

壁に手をつくが立ち上がる気力はなく、道満は経典の山に寄りかかった。状況から推察するに、堀河院のどこかにある塗籠だろう。記憶の中で最後に見た、中務卿女の笑みを思い出す。そして、どこかで嗅いだことのある麝香の匂いも。

「あの毒婦め……謀《たばか》ったな……」

妙な予感はあったのだ。それに気づくことができなかった己を恨みながら、出口を見つけようと闇の中を這い進む。

どれだけ出血しているか確認すらできないが、大口袴《おおくちばかま》の下まで血で濡《ぬ》れたような感触がある。寒気も次第にひどくなってきた。眩暈を堪《こら》えながら壁を探っていると、ようやく板扉に指先がかかった。

あらん限りの力をこめて引こうとするが、横木でも嚙まされているのか開く気配はない。体当たりでもすれば破れるだろうが、今の道満にそのような力は残っていなかった。

それでも道満が本能的な動きで板扉をこじ開けようとあがいていると、その隙間から女の押し殺した笑い声が聞こえた。

朦朧《もうろう》とする意識の中で聞こえるその声は、やがて哄笑《こうしよう》に変わった。鈍痛に襲われる頭を揺さぶるように響く声に、道満は舌打ちする。

「ふん、やはり錣の男は高平少納言ではなかったか……貴様が雇った下賤《げせん》の者か？」

「錣の男？　ああ、あれは確かに高平少納言でございましたよ……学者肌で頭の切れる男と聞いておりましたが、刑部権大輔の件では失態を晒《さら》した挙句、疫病に臥せるとは。私の周りの男共は、使えない愚か者ばかりです」

中務卿女の吐き捨てるような言葉に、道満は掠れ声で問う。

「……中務の君よ、なぜ高平少納言に与《くみ》した」

「与した？　御冗談を。少納言を唆《そそのか》したのはこの私なのですから」

高平少納言は、中務卿女の隠れ蓑《みの》だったということか。道満は今までに起きた出来事を頭の中で整理しようとするが、頭が回らない。

「……それならば、なおのことなぜだ。雇い主である権中納言の地位を貶《おとし》めて、貴様にどのような得があるというのだ」

　嫌な予感はあったとはいえ、よもや権中納言の下で働いている女房の一人が裏で手を引いていたとまでは考えていなかった……動機がないからだ。仕えている姫君に近づく道満と鵺を疎んでいたのは分かるが、権中納言の凋落はみずからの凋落にも繋がる。

　だが中務卿女は、殊更ゆっくりとした口調で続けた。

「私はかつて、権中納言の妻だったのです。母が下級貴族の生まれのため、幼少の頃から肩身の狭い思いをしておりましたが、藤原氏に見染められたことで周囲からの扱いも目に見えて変わりました。私もいずれ女児を産み、その娘を入内させ、東宮《とうぐう》の母とすることを夢見ておりました……夫が、あのような無能者と知るまでは」

　先ほどまで笑みが含まれていた口調に、微かな怒りが走った。くだらないと、道満は足元に血混じりの唾を吐き捨てる。

「政における失態は数知れず、昇進も望めず、ほかの公達に馬鹿にされる日々が続き……かの藤原氏に嫁いだというのに、以前よりも肩身が狭くなるとはどういうことでしょう。無論、そのような無能者と子を生《な》す気にはなれません。そんな折、向こうから離縁を突きつけられたのです」

「……当然だ、自尊心だけの高い、愚かな女よ」

夫は妻に対して一方的に離縁を申し出ることができるが、相応の理由は必要となる。そのうち最も大きな理由は、子を生せないことだ。

特に藤原氏の一員とあれば、最も重要なのは跡取りの存在である。中務卿女は自尊心によって顕光を拒み、見下していた顕光側から離縁を突きつけられたことで、さらに自尊心を砕かれたのだ。愚かな女の吐露を、道満は呆《あき》れと憐《あわれ》みがない交ぜになった思いで耳に入れる。

「離縁の後、私は別の貴族と再婚して男子《おのこ》をもうけました。しかし、藤原氏ではない夫の力では、子供の栄達も望めません。さらには、私が男子を産んですぐに夫が病で亡くなったのです。途方に暮れた私に声をかけたのが、権中納言でした。私をあれだけ貶めた彼はぬけぬけと言ったのです……『行くあてがないなら、私の下に奉公に来るがよい。お前と離縁した後に迎えた妻たちとの間にもうけた子たちの世話をしてやってくれないか』と」

さすがの無能者だ。中務卿女の気性がどのような結果をもたらすことになるかを想像もせず、ただ前妻が困っているというだけの理由で手を差し伸べたのだろう。決して懐が深いのではない。彼の場合、なにも考えていないのだ。

「なんという屈辱でしょうか。しかし、生まれたばかりの童を抱えて途方に暮れていたのは事実。私は童を乳母《めのと》に任せ、再び堀河院の門をくぐったのです。驚きましたよ、あの無能者が運と血筋だけでそれなりの官位に就き、あまつさえ村上天皇皇女である盛子内親王を妻に迎え、殿上人としての立場を謳歌《おうか》していることに」

「……蔑んでいた元夫が予想に反して出世し、後悔の念に苛《さいな》まれたとでも？　だが権中納言を陥れたところで、貴様になんの得もないことは同じだ」

子すら生せずにすぐ離縁された身分の低い女など、名前すら残るまい。それをもう一度拾い上げてくれたにもかかわらず逆に恨みを募らせるとは、顕光もとんでもない女を抱えこんでしまったものである。

「いいえ、無能者を邪魔に思っている内裏の人間は、数多おりますよ。高平少納言など、藤原氏というだけで無能者が自分より上位の官位を賜っていることが我慢ならない人間は数知れず。そしてなにより、華麗なる藤原氏の名汚しとして疎む身内の者……」

その言葉に、道満は顔を上げた。

「藤原氏の者だと？　まさか……」

高平少納言や権中納言の下にいる公達の存在など、恐れるに足りない。

だが、もしも内裏を支配する藤原氏が出てきたとあれば話は違う。

さらにその中でも厄介なのは、ほかならない権中納言の従兄弟。

目的のためには手段を選ばない。権力を掌中にするためには甥《おい》を陥れ、現中宮《ちゅうぐう》の追放すら画策し、裳着《もぎ》すら迎えていない己の娘を入内させようと暗躍する、あの男だ。

板扉の向こうで、中務卿女が地を這うような笑い声を上げる。

「……あの方は己の栄華のためであれば、どのような手段も厭《いと》いません。政敵となり得る有力な公達の懐に、すでに数多の刺客を送りこんでおります」

「藤原道長か……！」

道満はその名を吐き捨てた。すでに彼は内裏で大きな権力を手にし、最も帝に近い位置にいる。おおっぴらに汚い手を使うことはできない。数多の陰謀が渦巻く内裏の状況を把握するため、各所に手先を送りこんでいてもおかしいことではない。

「だが、なぜだ？　奴は無能者の従兄弟の存在など、歯牙にもかけていまい。わざわざ自分の手を汚してまで、陥れる必要はないはずだ」

「ええ、あの方が危険とみなしているのは、権中納言などではありませんよ」

中務卿女が頷く気配が伝わった。完全な暗闇の中、板扉の隙間から、ぬるついた邪気のような声が染み出してくる。

「あの方が恐れているのは、己が抱えた大陰陽師・安倍晴明に匹敵するなどと噂かれている法師陰陽師の存在です。藤原氏の名汚しである無能者が、己の召し抱えている大陰陽師と同列に語られる陰陽師をつけているとなれば、気が気ではないでしょう」

予想外の答えに、道満は腹の底からこみ上げてくる可笑《おか》しさに身を震わせた。

確かに姑息《こそく》なやり方により、内裏で道満が晴明と同等に語られはじめていたことは事実だ。しかし当の晴明は道満の存在など、眼中にも入っていないというのに。

「ふん、私も偉くなったものだな……かの権力者から命を狙われるようになるとは」

無理に笑ったことで傷口が開き、刺すような痛みに顔をしかめる。だんだんと眠気が襲ってくるが、ここで意識を失ってしまえば二度と目覚めることはないという予感があった。中務卿女の声は、さらに続く。

「あの方は、うまくかの法師陰陽師を排除することができれば、私の一人息子に官位を与えてくださると約束してくださいました。あなたのことは、晴明様に呪い殺されたとでも伝えておきましょう。そうすれば晴明様を召し抱えたあの方の評判は上がり、憎き権中納言の立場はさらに地に落ちる」

「愚か者が……貴様こそ、道長に利用されていることに気づかぬか」

よもや道長が、一介の名もなき貴族の息子に官位を与えるとは思えない。彼の最終目的は、己の傀儡《かいらい》たる藤原氏の人間で内裏を掌握し、帝すらも意のままに動かすことなのだ。中務卿女は顕光に対する憎しみを利用されているだけに過ぎない。

しかし、当の中務卿女は道長になんの疑いも抱いていないようだった。あの面長の顔を引っぱたいて目を覚まさせてやりたいが、このざまだ。残された力を振り絞って扉に背を打ちつける。その抵抗に気づいたか、中務卿女が再び哄笑を上げる。

「……畏れを知らぬ女だ、陰陽師を殺して、祟りを避けられると思うなよ」

「私はすでに、お前などよりも恐ろしい鬼と化しているのです。たかが悪徳法師陰陽師程度、畏れることはありません……呪うのならば呪え、私は怪異など信じぬ」

「本物の鬼に逢《お》うたのは……貴様で二度目だ、中務の君よ」

結局自分は、あの白き蝶紋の鬼の手がかりすらつかめぬまま、別の鬼に殺されることになるのだろうか。睡魔と必死に戦う道満の耳に、中務卿女の声は寝物語のようにすら聞こえてくる。

「悪徳陰陽師も、醜い式神がいなければ他愛《たわい》ないものよ」

だが、その哄笑の合間を縫うようにして放たれた言葉に、道満は弾《はじ》かれたように笑った。扉向こうの女の気配が凍りつくのが分かる。

「式神ならば、京へ向かう途次《みちすがら》、正岸寺の祠《ほこら》に封じてきた。私が連れ歩いていたあれは――人間だ！」

ただそれだけが己の残すべき主張であるかのように、道満はそう朗々と言い放った。

その時だった。板扉の向こうから、木が燃える臭いと、なにかが爆《は》ぜる音が届いた。

扉の隙間から流れこんできた煙が板床を這い、塗籠の中に充満していく。

……炎か！

あの女、最終手段に出たか。周囲の空気が徐々に熱を持ちはじめ、道満を取り巻く。

壁に囲まれた塗籠は、巨大な竈《かまど》の中のようなものだ。ただでさえ乾燥した木材で組まれた建物、しかもほとんどが吹き抜けのため、火の回りも早い。

……炎には、気をつけるとよいでしょう。

晴明の言葉が蘇り、道満は板扉に爪を立てる。体を動かそうとするが、腹部と頭部の激痛がそれを妨げる。その焦りに追い打ちをかけるように、中務卿女の嘲りが続く。

「言い忘れておりましたが、ここはあなたを捕えた東の対ではありません……西の対の塗籠なのですよ」

その言葉が意味することに気づき、道満は板扉を拳で叩いた。

「貴様、まさか堀河大君まで……！」

「あの娘に入内されたら厄介なのです。おまけに、無能者の子にしては聡い。私のことを疑いはじめているようですのでね」

自分が発端となり、堀河大君までも危険にさらすことになるとは……一度あきらめかけた生への執着を、道満はどうにか振り絞った。

「あれだけ可愛《かわい》がっていた娘を亡くすことになれば、権中納言は絶望するでしょうね。そうすることで、私の復讐は完遂されるのです」

「……待て！」

道満は肺腑《はいふ》から声を絞り出すが、中務卿女の気配は無慈悲に遠ざかる。

板扉の隙間から流れこんでくる煙は、次第に黒々とした気配を帯びはじめる。道満をじわじわと追い詰めるように、空気が熱を孕んでいく。

このまま塗籠の中で焼け死ぬのが先か、焼け落ちた檜皮葺《ひわだぶき》の屋根に押し潰されるのが先か。

動けない道満の脳に浮かんだのは、正岸寺に安置されていた仏像の慈悲深い眼差《まなざ》しだった。法師の姿をしていながら一度も神仏に頼ったことなどなかったが、なるほど、こういう時に人は祈ることしかできないのだなと、妙に冷静な頭の隅で思った。

長いこと暗闇に沈んでいた視界の端に、光がよぎった。

しかし、それは喜ばしい啓示などではない。塗籠を取り囲む炎が、ついに内部にまで達しただけだった。容赦なく木の建物を燃やしていくその臭いは、幼い日に焼け落ちた荒屋の記憶を思い起こさせた。

朦朧とする頭の隅で、白き蝶紋の鬼が嘲るように笑う。

結局お前は、私の元までたどり着くことすらできなかった。母の死体に背を向け、妹の手を離し、師の教えを裏切り、数多の人々を騙《だま》し、一人の女童の自由を奪ったにもかかわらずだ。

その時だった。遠く、鈴の音が聞こえた。

……死ぬ直前に見るのは、白き蝶紋の鬼の姿かと思ったが。

鈴の音は、徐々に近くなる。火の爆ぜる音と、柱が崩落する音の合間を縫うようにして、道満の頭の中を直接揺さぶる。

……鵺よ、お前が迎えに来たか。

道満は、その事実をすんなりと受け入れた。ありとあらゆるものが次々に奪われていく自分の生の中で、最も長く傍にいたのは彼女だったのだから。

……道満様！

どうやら聴覚が完全にやられたらしく、鵺の声までもが聞こえてくる。最後に耳にしたのと同じ、悲痛で切迫した呼び声。いよいよかと、道満が崩れゆく板壁に背を預けた、その時だった。

「道満様！」

噛まされていた横木が外されたのか、板扉が急に開け放たれた。

流れこんできたのは、喉が焼けるような熱風だ。反射的に床板に這いつくばると、その腕を小さな手につかまれた。顔を上げると、榛色の大きな両目と視線がかち合った。

「……鵺！」

狩衣の裾が火の粉と共に舞い上げられ、頸上《くびかみ》の緒につけられた鈴が鳴る。

まさか、吉野から徒歩で都にまで戻ってきたというのか。無言の問いかけに、鵺は道満の体を無理矢理起こそうと四苦八苦しながら、煤《すす》だらけの顔をゆがめる。

「亀千代丸に連れて来ていただいたのです。道満様の『吉野へ巡礼でもして、己を悔い改めよ』という言葉を真に受けて本当に吉野にまで下り、材木の運送を営んでいたところを再会したのです」

「……お前まさか、それで亀千代丸に無理を言って……」

馬を使えば、京に戻ってくることは無理な話ではない。亀千代丸に再会した時から、ここに帰ってくることを計画していたのか……すると鵺は道満の疑念を読み取ったかのように、首を振った。

「私は都に戻る気などありませんでした。道満様に不要と言われれば、私が都にいる理由などありません。ですが、不意に思い出したのです。あの手蹟の持ち主を」

鵺がずっと思い出せなかった手がかり。その言葉に、道満は息を呑《の》む。中務卿女と同様に堀河大君に仕えていた鵺なら、その手蹟を見ることがあってもおかしくはない。焚き染められていた香りに関してもだ。

道満を陥れるために暗躍していたのが中務卿女だったのであれば、権中納言や堀河大君の名を使って道満に危害を加えることも可能だ……鵺はそう危機を覚えたのだろう。道満を塗籠から引きずり出そうと苦慮しながら、鵺の声は続く。

「もう一つ思い出したのは、暦です。中務様が物忌みで奉公を休んでいた日、方違えのため特定の方角に向かわなかった日……細かい吉日の日取りを、一つずつ記憶から辿《たど》りました。それらを星の動きに当てはめていけば、陰陽師が出した中務様の暦は予測ができます。彼女がなにか大きな行動を起こすならば、必ず吉日を選ぶはず……それが今夜です。嫌な予感がして、亀千代丸を急かしたのです」

すでに塗籠の外は、焼け落ちた高欄と床板によって火の海と化していた。不運なことに、乾いた風が吹き荒れる夜だ。なるほど、確かに中務卿女にとってはこの上ない吉日だったのかもしれない。皮肉げにそう思う道満の横で、鵺は咳《せ》きこむ。

「私がもっと早く思い出していれば、このようなことにはなりませんでした。私は愚か者です、道満様から捨てられて当然です」

捨てたのではないと言いたかったが、面倒になって止《や》めた。いずれにしても、鵺が自分の巨軀《きょく》を抱えて火の海から逃げ出すことは不可能だ。道満は鵺の手を力なく振り払う。

「……鵺、私はいい。堀河大君たちが、まだ邸にいる可能性がある。彼女らを逃がせ」

いつか彼女を式神だと嘯いていたころのように、そう命じる。だが、鵺はそれを拒否するように首を振った。聞き分けのない童を叱るように、その肩をつかむ。

「……そして、検非違使大尉の下へ行け。堀河院に火を放ったのは、中務の君だ、疾く捕えて相応の裁きを与えるよう伝えろ。彼女に加担していた数人の雑色が証言者となろう。おそらく金で雇われていた程度の関係だ、検非違使に詰問されれば正直に吐く」

「しかし、道満様！」

一気に話したせいか、意識が切断されそうになる。だが、今気を失ってしまえば鵺は
ここを動かないという確信があった。悠長に話している時間など残されていない。
「……私は幼い日、播磨の荒屋ですでに死んでいた。今ここにある肉体は、あの時の燃
え残りに過ぎない。それがようやく、あるべき場所に還《かえ》ろうとしているだけのことだ」
道満は、先ほどまで自分が閉じこめられていた塗籠を見やった。なんの因果だろうか、
すべてはこの小さく閉ざされた部屋からはじまったのだ。
「……鵺よ。十年前、私はあの塗籠の中で、お前の人間の部分を殺したのだ。ここから
逃れて、もう一度生まれ直せ。着飾って歌を詠め、恋をして子を生せ」
「道満様、逆なのです。あの塗籠が開けられた時、私は殺されたのではありません。初
めて生まれたのです」
鵺は絞り出すような声を上げる。耳元で鈴が鳴る。
そうか。ならば、お前も私と共にここで死ぬがいい。
道満はそう呻いたが、言葉にはならなかった。
不意に、涼しい風が吹いた気がした。
ついに、あの世に片足を突っこんだか……いや、自分が落ちるのは地獄に決まってい
る。哀れな鬼が放った生温《なまぬる》い炎などではなく、もっと激しい業火が舐めつくす世界だ。
このように清涼とした風が吹くなどありえない。

しかし道満は、本能的な動きで風の方向に視線を動かした。

不思議な光景だった。炎とは違う、空間を切り裂くような光が浮かんでいる。

その中央に人の姿が見えた気がして、道満は霞《かす》む目を凝らした。

人影が着る燕《つばめもんきんらん》文金襴の単狩衣《ひとえかりぎぬ》が、淡い光を放っている。しかし奇妙なことにその裾は、逆巻く熱風にそよとも揺れていない。降りかかる火の粉が燃え移る様子も、煤に汚れる気配もなく、まるで彼だけが別の空間に存在しているようだ。

烏帽子の下に見える瞳が、狂乱の炎を映しこんでもなお、穏やかな光を湛《たた》えていた。

……あれは、安倍晴明……

今度こそ、死の淵《ふち》に見る幻覚か。だが、道満にしがみつく鵺もまた、そちらの方向を見つめていた。涼しい風は吹き続け、わずかだが周囲を満たす炎熱の空気を緩和させる。

晴明の周囲を守護するかのごとく、光の軌跡が舞っていた。まるで、炎が晴明に対して恭しく道を譲っているようだ。その足が、ゆっくりとこちらに向かってくる。

瞬間、全身を蝕《むしば》んでいた痛みが、なにかから解放されたように消失する。

そこで、道満の意識はふつりと途絶えた。

＊　＊　＊

ずいぶんと、永い夢を見ていた。

そして自分は、その永遠にも続きそうな夢の内容を、こと細かに覚えていた。

出会った人々、交わした会話、その時の天気、漂っていた匂い、鳴いていた鳥の声。

そのどれもが、平等な記憶だった。どれが一番大切で、どれが不要なものなのか。もしかしたらその判別がつけられなかったからこそ、自分は愚直なほどにすべてを覚えていたのかもしれない。

もしも自分にとって一番大切なものがなにかを分かっていたら、それだけを覚えて生きていけた。おそらく多くの人々は、自然とそうやって生きているのだろう。

「気が付きましたかな」

聞こえてくる声の持ち主は、誰だっただろうか。炎で焼け落ちてしまったかもしれないと思っていた記憶の経典は、しかし呆れるほど強靭《きょうじん》なようで、平然と自分の指示に答えた。

ゆっくりと目を開ける。光を見たのがずっと前のことであるかのように、眩しすぎてなにも見えない。しばらく瞼を上げ下げしていると、ようやく声の主の姿が像を結んだ。

記憶通りの人物だった。

「ふむ。かすり傷だけのようですな。じきに動けるようになるでしょう。ああ、ここは土御門小路《つちみかどこうじ》にある私の邸です。遠慮せずにゆっくりお休みなさい」

安倍晴明は、こちらを安心させるように穏やかな顔で頷いた。どこかの臥所に寝かされているようだ。几帳の隙間から、陽の光が帯状に差しこんできている。

恐る恐る腕を持ち上げるが、晴明の手がやんわりとそれを押し止《とど》めた。仕方なく、そのままの体勢で問いかける。

「……道満様は？」

晴明は、黙って首を振った。

光の差しこむ庭の方向から、風が吹きこんできた。

頬に当たる風に、暖かさを感じる。じきに、夏になるのだろう。

荒れ放題のまま放置している河原院の庭には青々とした草が茂り、竈馬《いとど》がそこかしこから簀子縁に跳びこんでくるのだろうなと、天井を見つめたまま思う。

「中務の君は、検非違使大尉の手によって捕らえられました。道長殿から火を放つよう言われたなどと騒いでいるようですが、妄言とみなされて終わりでしょう……彼女を堀河院に迎え入れた権中納言殿は、今後千年の永きに渡り、愚か者と呼ばれることになりましょうな」

簀子縁に座る晴明の背中が、逆光で黒く塗り潰されている。胸元に手を伸ばすと、頸上の緒に結ばれていた鈴に指先が触れ、聞き慣れた音が鳴った。

「堀河院の焼失が西の対だけで抑えられたことは不幸中の幸いです。堀河大君は、さっそく貴女《あなた》のことを心配しておりました。呼び名を変えて再び奉公に出てもよろしいのではないでしょうか。貴女の身につけた学は、さぞかし力になるでしょうからな」

晴明の言葉は続くが、それらは心地いい雅楽のように耳から耳へと抜けていく。いつか見た大路に咲く桜は、もう完全に散ってしまっただろうなと、思いを馳せる。

「そうそう、左兵衛佐明親が貴女の怪我《けが》を聞きつけたようで、なぜか私に貴女宛ての文を押しつけて来ましてな。一応受け取りましたが、読まれますか？　どうも貴女を嫁に迎えることを望んでいるようです」

自分はどこへ行けばいいのだろうか。どこへでも行ける気も、行けない気もした。

あの人が言っていた『自由』とは、一体なんだったのだろうか。ずいぶん素晴らしいことのような口ぶりだったが、自分にはよく分からない。

「それを拒むならば今まで通り性別を隠し、陰陽寮に迎え入れることも吝《やぶさ》かではございませんぞ。貴女は聡く、非常に興味深い力もお持ちです。私の下で、さらなる陰陽道を学んでみますか？」

ゆっくりと身を起こす。今度は、晴明も制止しなかった。両手を開き、閉じる。足の先を動かせば、爪先にまで血が通っているのが分かる。

「その中のどれも、私が選ぶ道ではございません」

口を開くと、存外に明瞭な声が出た。その言葉に呼応するように、鈴が鳴る。

「私は京を出て、播磨へ下ります」

「播磨国……そこに、なにがあるのですかな？」

晴明が首を傾げる。その顔を見返した瞬間、彼は少しだけ驚いたような顔を見せた。

どうやらこちらの表情が予想外のものだったようだが、どんな顔をしているのか、肝心の自分は確認できない。

笑っているのか泣いているのか、それすらも分からない。

「華やかではないが、山と河に囲まれた、美しい国があると聞きます」

そして、星が美しい里であると。

その話を聞いてから、自分は見たこともない国に、何度も思いを馳せた。いつかその場所に行くのだ。たとえ隣に誰かがいなくても。自分一人きりであったとしても。

頭の中に詰めこんだ経典は重たく、決して消えることはない。

しかし、その中で大切な記憶を選《よ》り分けていくことはできる。

老陰陽師の、すべてを見透かすような視線を正面から受け止め、口の端を持ち上げる。

それが笑みに見えるのか悲しみに見えるのか、やはり今の自分には分からなかった。

「覚えていることのほうが辛い……その意味が、ようやく分かりました」

翌日、晴明が臥所を訪れると、鵺の姿は忽然と消えていた。

晴れ渡った京の空にはただ、西の方角に向かって飛び去っていく鷹《たか》の影だけがあった。

終　安倍晴明、播磨の法師陰陽師を訪ねること

安倍晴明が播磨守《はりまのかみ》に任命されたのは、晩年になってからのことである。陰陽師の里と呼ばれる播磨の国司に任ぜられたことは、彼が陰陽師として名を馳《は》せたことと無関係ではあるまい。今や陰陽寮にも所属せず、諸々《もろもろ》のしがらみと一線を引いた晴明が少数の供を連れて播磨国に赴いたのは、秋も深まったころだった。

「ほう……あの寺、まだございましたか」

晴明は齢《よわい》七十を越えているとは思えないほど矍鑠《かくしやく》とした足取りで畦道《あぜみち》を歩きながら、その向こうに見える小ぢんまりとした寺を眺めやった。従者たちが、その視線を追う。

「あれは正岸寺という古寺にございます。あの寺には優秀な法師陰陽師が住んでおり、神通力で疫病や災害から人々を救っているのだそうですが……ご存じなのですか？」

「なるほど。実はその昔、私は何度か播磨を訪れたことがあるのです。この地に住まうという、法師陰陽師集団に興味がありましてね」

晴明は、その寺に向かって歩を進めながら続ける。

「当時、あの正岸寺という寺には、播磨を襲う海賊を法術で撃退したという法師陰陽師が住んでおりました。まだ童《わらわ》だった、一人だけの弟子と共に」

「では、その法師陰陽師がまだいらっしゃるということでしょうか」

「いや……智徳法師殿は、ずいぶんと前に亡くなったと聞きます」

と、寺に続く道の横に一台の車が停まっていた。荷台の補強をしている体格のいい男に、晴明は問いかける。

「正岸寺の陰陽師殿はいらっしゃるかな」

「今日は牛車《ぎっしゃ》を出せという命をいただいておりませんので、寺にいらっしゃるかと」

「法師殿に仕える牛飼童ですかな？」

「まあ……そのようなものです。色々ありまして、勝手にそう名乗っているだけかもしれませんが。普段は材木の運送を生業《なりわい》としている身ゆえ」

明言しがたい事情でもあるのか、男は目を白黒させた。晴明は従者に視線を移す。

「私は、法師陰陽師殿にご挨拶をしてきます。ここでしばし待っていてくだされ」

そう言って、一人で寺へと向かっていく。大陰陽師の奇妙な行動など慣れたものである従者たちは、おとなしく命令に従った。男は我関せずといった様子で、荷台の補強作業に戻っている。

正岸寺は手入れされているとは言い難い状況で、質素な庭では雑草が好き勝手に伸びている。それらをかきわけるようにして進み、家主に向かって呼びかける。

「もし、どなたかいらっしゃいませんか」

しばしして奥から聞こえてきたのは、涼やかな鈴の音だった。

狩衣《かりぎぬ》を着た童女《わらわめ》……ずいぶんと背が伸び、もう童と言っては失礼な年頃だろうが……が顔を見せ、晴明は相好を崩した。鴇は一瞬だけ驚いたような顔を見せたが、晴明であれば突然訪ねて来てもおかしくないと結論づけたように頭を下げる。

「晴明様、お久しぶりです」

「これはこれは鴇の君、お元気そうでなにより。法師殿はいらっしゃいますかな？」

「相変わらず、昼から酒を飲んでおります。まったく酔わないので水のようなものですが」

そう応じる鴇は、晴明を寺の奥へと通した。踏み入れた堂内は古びているものの、掃除は行き届いている様子だ。居住者が使っている部分だけを合理的に掃除しているようにも見えたが。

床板を軋《きし》ませながら寺の奥まで進んだ鴇は、板扉を叩《たた》いた。「晴明様がいらっしゃいました」という報告に、寺の主《あるじ》も状況を把握できないのか沈黙したようだったが、しばしして「……通せ」と不機嫌そうな声が返ってくる。

晴明が遠慮なく板扉を開けると、古びた紙の匂いが流れ出してきた。

書物と経巻の積まれた室内に座していたのは、長身を丸めた男だった。隠遁《いんとん》生活に縹帽子《はなだもうす》は不要なのか、引きつれた顔面の半分を晒《さら》している。傍らに置かれた土器《かわらけ》を一《いち》瞥《べつ》し、晴明は嘆息した。

「一度ならず二度までも炎から逃れた身体《からだ》です、もう少し大事に使うとよいですぞ」

晴明は端にある円座《わろうだ》を勝手に拝借して腰を下ろした。台盤所《だいばんどころ》に白湯《さゆ》でも入れに行ったのか、鴒は板扉の外へと出て行く。

寺の主……道満は、大儀そうに居住まいを正して言った。

「私はあの時、死ぬつもりであった。無意味に生かしたのは貴殿だ、晴明殿」

中務卿女が顕光の邸《やしき》に火を放った夜。

道満が目を覚ましたのは地獄の業火の中ではなく、土御門小路にある邸の臥所《ふしど》であった。腹部と頭部の鈍痛と、大量の煙を吸ったことによる吐き気の苦しみは、地獄で受ける拷問とあまり変わらなかったとしても。

飄々《ひょうひょう》とした様子で現れ「気分はいかがですかな」などと問う晴明に「最悪だ」とだけ返す。なぜ老境に差しかかった晴明が道満の巨軀《きょく》を担ぎ出すことができたのかと問うと、彼は当然のように答えた。

「おやおや、何度も申し上げたではありませんか。私には、十二神将が付いていると」

その様子に、道満は反論する気力をなくした。それは、自分もよく使っていたような口上だと思い直したのだ。

そもそも喉も焼かれたらしく声を出すことも大儀であったし、ほかに色々と話したいこともある。体中に巻かれた血止めの布に拘束されながら、道満は顔だけを動かした。

「……鴇は」

「ご安心を、火傷《やけど》ひとつ負っておりません。まだ、対屋《たいのや》の臥所で眠っておりますが」

「ならば都合がよい……晴明殿、一つ頼みがある」

だらだらと話している体力はない。道満は晴明の反応も待たずに続ける。

「……鴇に、私は死んだと伝えてくれ」

晴明の視線が、問いかけの色を帯びた。説明するのは面倒なので、投げやりに答える。

「私が死ぬことで……鴇は人間になれるのだ」

「私は決してそうは思いませんがな」

「貴殿に私と鴇のなにが分かる。そして、あいつに三つの選択肢を伝えてほしい……」

やんわりと道満の願いを突っぱねる晴明に、道満は有無を言わさず口を開いた。途切れ途切れの声ではあったが、晴明は最後まで辛抱強く道満の言葉に耳を傾けてくれた。

頼まれたことを咀嚼《そしゃく》するような間を置いた後、神妙な面持ちで頷《うなず》く。

「なるほど。ほかならない貴殿の頼みなのであれば受け入れましょう。鴇の君が目覚めましたら貴殿の死と、与えられた選択肢をお話しします。無論、私の下で陰陽師として研鑽《けんさん》を積むことを選ばれましたら、その時は私の残りの人生をもって彼女に陰陽の知識を与えることをお約束しましょう」

「……頼みますぞ、晴明殿」

「ですがな、道摩法師殿。私は鴾の君がどのような道を選ばれても、それを止めることなく尊重いたしますぞ……貴殿の頼みをお聞きするのと、同じように」

念を押すようにそう言われたが、鴾がどのような道を選ぼうと、それは道満が関与することではない。むしろ、願ったり叶《かな》ったりだ。

晴明の言葉に安堵《あんど》したのか、すぐに道満の意識は眠りの中に沈んだ。体は傷を癒すための安息を、貪欲《どんよく》なまでに欲していた。

次に目覚めたのが、何日後かは分からない。もしかしたら、数時間しかたっていなかった可能性もある。隣に晴明の気配を感じて身を起こそうとするが、それを止められる。

渋々臥所に沈むと、晴明の声が耳に届く。

「鴾の君が気づかれたので、貴殿に頼まれた通りお伝えしましたぞ」

道満は目を閉じた。予想に反して自分は生き永らえてしまったが、鴾を無事に解放することはできた。冴《さ》え冴《ざ》えとした思いと、それに反する言い難い感情を空っぽの腹に抱えるようにして頷く。

「鴾の君は、播磨国に下ることを選ばれました」

だが、次に放たれた言葉に、道満は無理矢理身を起こした。

かけられていた大袿《おおうちき》がばさりと音を立て、全身に痛みが走った。袿をかけ直そうとする晴明の手を振り払う。

「……どういうことだ」

「私は貴殿のおっしゃる通りにお伝えしただけですぞ。鵺の君が選んだのは、貴殿の故郷に向かうことでした。そして私はお約束通り、それを止めなかっただけです」

当然のごとくそう返され、道満はずるずると臥所から這《は》い出た。晴明は仔《こ》を巣穴に連れ戻す獣のように道満を臥所に引き戻す。

「今朝方、鵺の君に粥《かゆ》を運ぼうとしましたら、対屋の臥所から忽然《こつぜん》と消えておりましてな。私も慌てて探し回ったのです。河原院、堀河院、検非違使庁《けびいしちょう》から左兵衛佐《さひょうえのすけ》明親の邸まで。ですが、どなたも見かけていないと申します。最後に市に行きましたら、それらしい男装の童女が、播磨国から材木を届ける男の車に無理矢理乗りこんでいたと」

「……男の名は聞いているか」

「分かりませんが、その童女は男に対して、しきりに『亀、亀』と言っていたとか。私もそれを追うことまではさすがにできず、鵺の君の選択を尊重するというお約束もありましたゆえ。こうして貴殿に報告するに留《とど》めたのですが」

晴明の報告を邪険に聞き流し、道満はその夜に京を発《た》った。

牛車は権中納言《ごんのちゅうなごん》の用立てである。無能者の主は表層通りに出来事を受け止めただけで、中務卿女の失火によって道満が怪我《けが》をしたと思っているだけだ。申し訳ないという気持ちはあったらしく、丈夫な牛車と牛飼童をすんなりと準備してくれた。

傷はまだ癒えていない。牛車の中でせめてもの休息を取りながら、もう戻らないと思っていた播磨への道を、物見窓から眺める。

長旅の末にたどり着いた故郷は、相変わらずなにもない、ただ星が美しいだけの里だった。京からぽつんとやってきた男装の女童《めのわらわ》の情報など、苦も無く集められるだろう。

そう思って道満が夜を越すために訪れたのは、朽ち果てた正岸寺だった。

寺は荒れていたが、人望のあった智徳法師の墓は綺麗《きれい》に掃除されていた。さしもの道満も、その石碑に手を合わせることだけは忘れなかった。

そして開け放った埃《ほこり》だらけの堂で、丸まって寝ている鶕を発見した時は、安堵なのか呆《あき》れなのかよく分からない感情に襲われ、その場に座りこむことしかできなかった。

「結局、なにも変わらぬわ」

その時のことを思い出し、道満は呟《つぶや》く。道満は気が向いた時に人々の頼みを聞き、鶕は自分たちの使う空間だけを掃除し、庭の草は伸ばし放題で、時折現れる竈馬《いとど》を鶕が捕まえる。

晴明はその様子を想像したのか、愉快そうに笑った。鶕が鈴を鳴らしながら、二人の元に白湯を運んでくる。それを啜《すす》りながら、晴明はぐるりと周囲を見回した。

「しかし、懐かしいことです。正岸寺がまだ残っていたとは……智徳法師は、残念ながらお亡くなりになったそうですね」

「私が都に着いてすぐにな。我ながら、最後まで出来の悪い弟子だった」

道満は怪訝な目つきで、晴明を睨《ね》め上げた。

「……やはり、師と面識があったか」

「私は陰陽寮の者たちと違い、法師陰陽師を軽視などしておりません。むしろ、貴殿らは陰陽寮の目の届かぬこのような土地で、民にとって必要不可欠な存在なのですから」

「漏刻博士《ときもりづかさ》の騒動の時、妙にすんなり陰陽寮へ招き入れるとは思っていたのだ」

記憶を引き出して呟くと、後ろに控えた鵺も頷いた。

「そんな私が、法師陰陽師の里と呼ばれる播磨に興味を抱くのは必然でしょう。昔、この地を襲った海賊を法力で撃退したという、智徳法師の元を訪ねたこともありました」

道満は頬杖《ほおづえ》をつき、晴明の昔話を黙って聞いている。潰れていないほうの精悍《せいかん》な目が、紙燭《しそく》の明かりをわずかに反射させている。

「智徳法師の元では、一人の童が陰陽師の修行をしておりました。しかし、法師以外の人に顔を見られるのが嫌だったのでしょうな。突然招き入れられた私の姿に驚いて、寺を飛び出してしまったのです。夜になっても帰らない童を心配して、私と智徳法師は近くを探し回りました。山の麓にある荒屋《あばらや》で童を見つけた時は安心したものです」

晴明は道満の無言の圧力にも動じず、昔話を語る好々爺《こうこうや》といった態で朗らかに続けた。

「私は童を怖がらせぬよう手を繋《つな》いで、正岸寺まで帰りました。智徳法師は泣きながら喜んで、私に何度も頭を下げて来ましたよ」

そこで晴明は、芝居がかった所作で額を押さえた。

「……それがどこで目撃されて噂《うわさ》がねじまがったか『童の姿に化けさせた智徳法師の式《しき》神《がみ》を晴明が隠し、智徳法師が負けを認めて晴明が式神をその元に帰した』という作り話になって広まったようでして……まったく、噂とは恐ろしいものです」

「……その童は私だ」

「ええ、そうでしょうね」

苦虫を嚙《か》み潰したような表情の道満を見つめ、晴明は愉快そうに笑った。鵺が二人の顔を交互に見つめる。

「お二人は昔、一度お会いしていたのですね」

「ふん。師弟揃《そろ》って、貴殿にやりこめられる役どころとはな」

晴明が智徳法師から、どこまで自分のことを聞いていたのかは分からない。道満の背後に炎が見えるという予言めいた囁《ささや》きも、単に道満の過去を口にしただけかもしれない。

安倍晴明という存在は色々と説明がつかないところが多いが、そこは永遠に謎のままでいいような気もした。

「京には、戻らないのですか？」

晴明の問いかけに対して、道満は肯定も否定もしなかった。

「甥《おい》の伊周を追放した道長は、ついに中宮《ちゅうぐう》様を出家させ、裳着《もぎ》前の娘を入内《じゅだい》させようとしているらしいな。胸糞《むなくそ》の悪い話よ。あのような男に目をつけられている以上、おちおち上洛もできまい。あの男に召されている貴殿なら、重々承知であろう」

「ですがまだ、白き蝶紋《ちょうもん》の鬼の正体はつかめていないのでしょう？」

飄々とした晴明の言葉に、道満が驚くことはなかった。

「以前にも問うた気がするが……貴殿は、知っているのか？　白き蝶紋の鬼の正体を」

「私が知っていると申したら……貴殿はどうするおつもりですかな？」

向けられた晴明の目は、いつも通り穏やかだった。しかし、その奥に見える光は深淵《しんえん》のようで、なにも読み取れない。

道満が押し黙っていると、晴明は話題を変えるように狩衣の袖を揺らした。

「私は、貴殿が都を去ったことを残念に思っているのですよ。今や、芦屋道満は私の好敵手として語られ、数々の悪名を馳せておりますからな。師と共に、汚名を返上したくはないのですか？」

「なにが好敵手だ……私と貴殿、どれだけ歳《とし》が離れていると思っている。同列に語られては困ると、何度も言っている」

「芦屋道満の正確な年齢を知る者など、私と鵺の君ぐらいのものですよ。皆、好き勝手な道満像を創《つく》り上げております。貴殿が再び都に姿を見せても、誰も不思議には思いませんよ……鵺の君も、再び京を訪れたくはないのですか？」

晴明がそう聞くと、鵺は小首を傾《かし》げて答えた。

「私は道満様と一緒なら、どこであろうと構いません」

その言葉に、晴明は軽快に笑った。鵺はただ、榛色《はしばみいろ》の目をしばたたかせている。

そんな二人を尻目に、道満は不機嫌そうに酒を飲み続けるだけだった。

解説

細谷正充

集英社文庫の書き下ろし作品は、「いきなり文庫！」と銘打たれている。ジャンルを問わず、面白い物語が刊行されているが、私が特に注目しているのが歴史時代小説だ。近年、ライトノベル出身の女性作家が、次々と参入しているのである。

これは集英社ならではのことである。自社の女性向けライトノベル・レーベル「コバルト文庫」で活躍した作家を、引っ張ってきているのだ。具体的には、『箱根たんでむ駕籠《かご》かきゼンワビ疾駆帖《しつくちょう》』の桑原水菜《くわばらみずな》、「浪花ふらふら謎草紙」シリーズの岡篠名桜《おかしのなお》、『室町繚乱《りょうらん》　義満と世阿弥と吉野の姫君』の阿部暁子《あきこ》、「むすめ髪結い夢暦」シリーズの倉本由布《ゆう》、『天空の城　竹田城最後の城主　赤松広英《ひろひで》』の奈波《ななみ》はるか等の名を挙げることができよう。コバルト文庫で歴史時代小説を発表している作家もいれば、このジャンルの執筆は初めてという作家もいる。もちろん、どの作品も読みごたえあり。集英社文庫の方針が、見事な花を咲かせたのである。

そして今、新たなライトノベル出身作家の、初めての時代小説が刊行されることになった。ただし美奈川護がデビューしたのはコバルト文庫ではなく、電撃文庫である。二〇〇九年、『ヴァンダル画廊街の奇跡』で、第十六回電撃小説大賞金賞を受賞。翌一〇年に出版された。統一政府により、さまざまな芸術が規制され始めた世界を舞台に、各地の壁面に封印された名画を描くアート・テロリスト「ヴァンダル（破壊者）」の行動と想《おも》いを見つめた物語だ。最終的に、全三巻のシリーズとなった。

その後は発表の舞台をメディアワークス文庫に移行。一流商社を辞めてバイク便運営会社に就職した元OLを主人公にした「特急便ガール」シリーズを皮切りに、多彩な作品を発表する。さらに二〇一五年には、花火師を主人公にした『ギンカムロ』、翌一六年には、女性スタントマンを主人公にした『弾丸スタントヒーローズ』を、集英社の「いきなり文庫！」で刊行したのである。

だから集英社文庫から新刊が出ることに不思議はないのだが、まさか時代小説とは思いもよらぬことであった。しかしこれが実にいい。まず主人公に意表を突かれた。平安時代にいたといわれる在野の陰陽師《おんみようじ》・芦屋道満《あしやどうまん》なのだ。陰陽師ブームを作った、夢枕獏の「陰陽師」シリーズで、主人公の安倍晴明《あべのせいめい》と絡むことが多いので、ご存じの人も多いだろう。平安で陰陽師とくれば、晴明を扱った作品が多いが、あえて彼のライバル的な立ち位置（と思われることの多い）の道満を主役に据えたことに、強い興味を惹《ひ》かれた。

ところで作者がデビューしたときのインタビューが、「電撃オンライン」というWEBサイトに掲載されている。そこで作者は、

「お話を考えるのが好きだったので、幼稚園のころからノートによく書いていましたね」

「小説を書くキッカケになったのは、夢枕獏先生の、『上弦の月を喰《た》べる獅子《しし》』ですね。日本SF大賞も受賞されている作品で、仏教の世界観とSF融合させたような壮大な話です。中学生ぐらいのころに読んだのですが、文体もきれいで、すごく感動してボロボロになるまで読んだ記憶があります。一番思い入れのある作品ですね」

と発言しているのだ。このようなことをいう作者なら、当然、他の夢枕作品――すなわち「陰陽師」シリーズを読んでいることだろう。初めての時代小説の主人公を芦屋道満とし、脇役に安倍晴明を持ってきたのは、夢枕作品を意識していたのではないかと、つい考えてしまうのである。

閑話休題。本書には道満の他に、もうひとりの主人公がいる。鴇《はしたか》という名の女童《めのわらわ》だ。ちなみに鴇とは、タカ科の猛禽《もうきん》のこと。赤ん坊のときから異様な運命に翻弄されていた彼女は、道満に拾われ、助手のようなことをしている。現在でいうところの絶対記憶を

持ち、それに基づく、さまざまな能力もある。道満は彼女のことを式神だと嘯《うそぶ》き、いいように利用しているのだ。

そんなふたりが京の都で、さまざまな怪異に立ち向かう。「土公神《どくじん》の怪」では、干し魚の行商をしている市女《いちめ》に、検非違使大尉《けびいしのだいじょう》の中原章臣《なかはらのあきおみ》右衛門尉《うえもんのじょう》が話しかける光景を発端に、道満と鴇がある殺人事件を掘り起こす。自らを「怪異を信じぬ陰陽師」だという道満は、情報と推理により、怪異の裏にある真相を見抜くのだ。陰陽師としての鬼祓《おにばら》いは、一件を丸く収めるための方便に過ぎない。陰陽師を主役にしながら、ファンタジーではなくミステリーにしたところに、本書のユニークな面白さがある。

続く「時操りし鬼、天眼《てんげん》の博徒と相対す」も同様だ。なにやら事情があって、朝廷に入り込もうとしている道満。時の絶対的権力者である藤原道長《ふじわらのみちなが》の従兄弟《いとこ》だが、「無能者」といわれる権中納言《ごんのちゅうなごん》・藤原顕光《あきみつ》に取り入ろうとした。だが、なんだかんだあって、時間が早くなったり遅くなったりする怪異「時を操る鬼」の解決にのりだすことになる。さっそく調査を始めた道満と鴇だが……。

時間に関する謎は、きわめて合理的に解かれる。単純にして明快な真相に、鮮やかな驚きを覚えた。しかし物語は、それだけで終わらない。この一件から派生して、道満と鴇は双六《すごろく》賭博《とばく》で勝負することになる。相手は天眼の博徒と呼ばれる名博奕打《ばくちう》ち。盤双六というボードゲームで、天眼の博徒と鴇が、互いの思考をぶつけ合う。この場面の迫力が凄《すご》いのだ。

ここであらためて一連の美奈川作品に注目したい。ちょっと変わった職業を題材にしたお仕事小説が多いのだが、一方で「ヴァンダル画廊街の奇跡」「ドラフィル！」の両シリーズや、『美の奇人たち～森之宮芸大前アパートの攻防～』のような、芸術を題材にした作品もある。だが芸術や音楽は、文章で表現するのが難しい。なぜならそれは本来、じかに観《み》たり聴いたりすることで、魅力が実感できるものだからだ。

これと同じことが、ボードゲームにもいえる。私は一時期、ボードゲームに熱中し、ゲーム会に参加したり、ゲーム関係の文章をネットで漁《あさ》っていた。だから実感しているのだが、ボードゲームの本当の魅力は、実際にプレイしてみないと分からない。文章で面白さを伝えるのが、非常に困難なのだ。

しかし作者は、この難題を軽々とクリア。道満の視点を通じて、手に汗握る勝負を、鮮やかに描き切ったのだ。先に挙げた作品もそうだが、作者の作家としての優れた力を示しているのである。ミステリーとゲームという、ふたつの読みどころを持った、贅沢《ぜいたく》な物語なのだ。

第三話「名も知らぬ君よりの文」は、前話で顕光の娘・堀河大君《ほりかわのおおいぎみ》に見込まれた鴇が、話し相手として奉公に出ることになる。情報収集が必要になると、鴇を送り出す道満。だが、新たな環境で変わっていく鴇に、複雑な感情を抱く。また、鴇が道満に抱いている気持ちも、はっきりと見えてくる。貴族の娘にまつわる怪異もあるが、ふたりの主人公の心の動きが読みどころだろう。そして道満たちに敵対する存在が見えてくる。

このエピソードを受けて、第四話「鵺の鈴」では、ふたりが凶悪な事件に巻き込まれる。犯人は誰か。事件の原因は何か。読んで楽しんでほしいので、ここで詳しく書くことはしない。その代わり、幾つかのことを指摘しておこう。まず道満のことだ。彼が都にきたのは、過去の悲劇が関係している。ようやく読者に明かされた悲劇を踏まえ、彼が何を考え、どう行動するかが、大きな注目ポイントになっている。

また、安倍晴明の扱いも面白い。本書の怪異は合理的に解明されるが、ではこの世に不思議なことはないのか。第四話で晴明の活躍する場面を見ると、怪異を否定することができない。なぜなら、あいまいな書き方になっているからだ。含みのある晴明の描き方が、物語世界をより豊かにしているのである。

その他にも、寝殿造りの邸《やしき》に設けられた部屋である塗籠《ぬりごめ》を主人公の再誕の場としたシンボリズムなど、あちこちに巧みな構成を見ることができる。さまざまな小説技法を駆使している、作者の手腕を高く評価したいのだ。

さらに躍動するキャラクターも見逃せない。過去を背負いながら、ふてぶてしい立ち回りをする道満もいいが、なんといっても鵺だ。普段は狩衣《かりぎぬ》に指貫《さしぬき》姿という男装をしている鵺。道満から与えられた鈴を、頸上《くびかみ》の緒に付けている。絶対記憶の代償なのか、人としての感情が薄い。そんな鴒が、さまざまな体験を経て、人間らしさを獲得していく。なんとも可愛《かわい》らしいヒロインと出会えたことを、喜ばずにはいられないのである。

それにしても、ひとつ困ったことがある。美奈川作品の大きな魅力のひとつは、題材の幅広さだ。だからこそ、これからも読者の予想もつかない物語を、次々と発表してほしいものだ。しかし一方で、本書をシリーズ化してほしいとも、願っている。最後まで読めば分かるが、続篇《ぞくへん》が可能である。こちらも是非とも書いてほしいのだ。ああ、悩ましい。でも決めるのは作者自身だ。なので次の「いきなり文庫！」で、どのような作品が出てくるのか、ドキドキしながら待ちたいのである。

（ほそや・まさみつ　文芸評論家）

本書は、集英社文庫のために書き下ろされた作品です。

集英社文庫 目録（日本文学）

三田誠広 永遠の放課後
道尾秀介 光媒の花
道尾秀介 鏡の花
三津田信三 怪談のテープ起こし
美奈川護 ギンカムロ
美奈川護 弾丸スタントヒーローズ
美奈川護 はしたかの鈴 法師陰陽師異聞
湊かなえ 白ゆき姫殺人事件
湊かなえ ユートピア
宮尾登美子 影絵
宮尾登美子 朱夏(上)(下)
宮尾登美子 天涯の花
宮尾登美子 岩伍覚え書
宮木あや子 雨の塔
宮木あや子 太陽の庭
宮城公博 外道クライマー
宮城谷昌光 青雲はるかに(上)(下)
宮子あずさ 看護婦だからできること
宮子あずさ 看護婦だからできることII
宮子あずさ 老親《ろうしん》の看《み》かた、私の老い方
宮子あずさ ナースな言葉 こっそり教える看護の極意
宮子あずさ ナース主義！
宮子あずさ 卵の腕まくり 看護婦だからできることIII
宮沢賢治 銀河鉄道の夜
宮沢賢治 注文の多い料理店
宮下奈都 太陽のパスタ、豆のスープ
宮下奈都 窓の向こうのガーシュウィン
宮田珠己 ジェットコースターにもほどがある
宮田珠己 だいたい四国八十八ヶ所
宮部みゆき 地下街の雨
宮部みゆき R.P.G.
宮部みゆき ここはボツコニアン 1
宮部みゆき ここはボツコニアン 2 魔王がいた街
宮部みゆき ここはボツコニアン 3 二軍三国志
宮部みゆき ここはボツコニアン 4 ほらホラHorrorの村
宮部みゆき ここはボツコニアン 5 FINAL ためらいの迷宮
宮本輝 焚火の終わり(上)(下)
宮本輝 海岸列車(上)(下)
宮本輝 水のかたち(上)(下)
宮本輝 いのちの姿 完全版
宮本輝 田園発 港行き自転車(上)(下)
宮本昌孝 藩校早春賦
宮本昌孝 夏雲あがれ(上)(下)
宮本昌孝 みならい忍法帖 入門篇
宮本昌孝 みならい忍法帖 応用篇
三好徹 興亡三国志一～五
武者小路実篤 友情・初恋
村上通哉 うつくしい人 東山魁夷

集英社文庫　目録（日本文学）

村上龍　テニスボーイの憂鬱(上)(下)
村上龍　ニューヨーク・シティ・マラソン
村上龍　ラッフルズホテル
村上龍　すべての男は消耗品である
村上龍　龍言飛語
村上龍　エクスタシー
村上龍　昭和歌謡大全集
村上龍　KYOKO
村上龍　はじめての夜 二度目の夜 最後の夜
村上龍　メランコリア
村上龍 中田英寿　文体とパスの精度
村上龍　タナトス
村上龍　2days 4girls
村上龍　69 sixty nine
村田沙耶香　ハコブネ
村山由佳　天使の卵 エンジェルス・エッグ

村山由佳　BAD KIDS
村山由佳　もう一度デジャ・ヴ
村山由佳　野生の風
村山由佳　きみのためにできること
村山由佳　キスまでの距離 おいしいコーヒーのいれ方Ⅰ
村山由佳　青のフェルマータ
村山由佳　僕らの夏 おいしいコーヒーのいれ方Ⅱ
村山由佳　彼女の朝 おいしいコーヒーのいれ方Ⅲ
村山由佳　翼 cry for the moon
村山由佳　雪の降る音 おいしいコーヒーのいれ方Ⅳ
村山由佳　緑の午後 おいしいコーヒーのいれ方Ⅴ
村山由佳　海を抱く BAD KIDS
村山由佳　遠い背中 おいしいコーヒーのいれ方Ⅵ
村山由佳　夜明けまで1《ワン》マイル somebody loves you
村山由佳　坂の途中 おいしいコーヒーのいれ方Ⅶ
村山由佳　優しい秘密 おいしいコーヒーのいれ方Ⅷ

村山由佳　聞きたい言葉 おいしいコーヒーのいれ方Ⅸ
村山由佳　天使の梯子
村山由佳　夢のあとさき おいしいコーヒーのいれ方Ⅹ
村山由佳　ヘヴンリー・ブルー
村山由佳　蜂蜜色の瞳 おいしいコーヒーのいれ方 Second Season Ⅰ
村山由佳　明日の約束 おいしいコーヒーのいれ方 Second Season Ⅱ
村山由佳　約束 ―村山由佳の絵のない絵本―
村山由佳　消せない告白 おいしいコーヒーのいれ方 Second Season Ⅲ
村山由佳　凍える月 おいしいコーヒーのいれ方 Second Season Ⅳ
村山由佳　雲の果て おいしいコーヒーのいれ方 Second Season Ⅴ
村山由佳　彼方の声 おいしいコーヒーのいれ方 Second Season Ⅵ
村山由佳　遥かなる水の音
村山由佳　記憶の海 おいしいコーヒーのいれ方 Second Season Ⅶ
村山由佳　地図のない旅 おいしいコーヒーのいれ方 Second Season Ⅷ
村山由佳　放蕩記
村山由佳　天使の柩

集英社文庫　目録（日本文学）

村山由佳　La Vie en Rose ラヴィアンローズ
群ようこ　トラちゃん
群ようこ　姉の結婚
群ようこ　でも女
群ようこ　トラブルクッキング
群ようこ　働く女
群ようこ　きもの365日
群ようこ　小美代姐《こみよねえ》さん花乱万丈《からんばんじょう》
群ようこ　ひとりの女
群ようこ　小美代姐さん愛縁奇縁
群ようこ　小福歳時記
群ようこ　母のはなし
群ようこ　衣もろもろ
群ようこ　衣にちにち
室井佑月　血《あか》い花《はな》
室井佑月　作家の花道
室井佑月　ああ～ん、あんあん
室井佑月　ドラゴンフライ
室井佑月　ラブ ゴーゴー
室井佑月　ラブ ファイアー
タカコ・半沢・メロジー　もっとトマトで美食同源！
毛利志生子　風の王国
茂木健一郎　ピンチに勝てる脳
百舌涼一　生協のルイーダさん あるバイトの物語
百舌涼一　中退サークル
持地佑季子　クジラは歌をうたう
望月諒子　神の手
望月諒子　腐葉土
望月諒子　田崎教授の死を巡る 桜子准教授の考察
望月諒子　鱈目《たらめ》講師の恋と呪殺。 桜子准教授の考察
森　絵都　永遠の出口
森　絵都　ショート・トリップ
森　絵都　屋久島ジュウソウ
森　絵都　みかづき
森　鷗外　舞姫
森　鷗外　高瀬舟
森　達也　A3 エースリー (上)(下)
森　博嗣　墜ちていく僕たち
森　博嗣　工作少年の日々
森　博嗣　ゾラ・一撃・さようなら Zola with a Blow and Goodbye
森　博嗣　暗闇・キッス・それだけで Only the Darkness or Her Kiss
森まゆみ　寺暮らし
森まゆみ　その日暮らし
森まゆみ　旅暮し
森まゆみ　貧楽暮らし
森まゆみ　女三人のシベリア鉄道
森まゆみ　いで湯暮らし
森まゆみ　『青鞜』の冒険 女が集まって雑誌をつくるということ

集英社文庫　目録（日本文学）

森まゆみ　彰義隊遺聞
森　瑤子　情事
森　瑤子　嫉妬
森見登美彦　宵山万華鏡
森村誠一　壁の目　新・文学賞殺人事件
森村誠一　終着駅
森村誠一　腐蝕花壇
森村誠一　山の屍
森村誠一　砂の碑銘
森村誠一　悪しき星座
森村誠一　黒い神《み》座《くら》
森村誠一　ガラスの恋人
森村誠一　社《しゃ》奴《ど》
森村誠一　勇者の証明
森村誠一　復讐の花期　君に白い羽根を返せ
森村誠一　凍土の狩人
森村誠一　悪の戴冠式
森村誠一　社賊
諸田玲子　月を吐く
諸田玲子　髭麻呂　王朝捕物控え
諸田玲子　恋縫
諸田玲子　おんな泉岳寺
諸田玲子　狸穴《まみあな》あいあい坂
諸田玲子　炎天の雪(上)(下)
諸田玲子　恋かたみ　狸穴あいあい坂
諸田玲子　四十八人目の忠臣
諸田玲子　心がわり　狸穴あいあい坂
諸田玲子　今ひとたびの、和泉式部
八木圭一　手がかりは一皿の中に
八木圭一　手がかりは一皿の中に　ご当地グルメの誘惑
八木澤高明　青線　売春の記憶を刻む旅
八木原一恵・編訳　封神演義　前編
八木原一恵・編訳　封神演義　後編
矢口敦子　祈りの朝
矢口敦子　最後の手紙
矢口敦子　海より深く
矢口史靖　小説　ロボジー
薬丸　岳　友罪
八坂裕子　幸運の99%は話し方できまる！
八坂裕子　言い返す力　夫・姑・あの人に
安田依央　たぶらかし
安田依央　終活ファッションショー
柳澤桂子　愛をこめ　いのち見つめて
柳澤桂子　生命《いのち》の不思議
柳澤桂子　ヒトゲノムとあなた
柳澤桂子　すべてのいのちが愛《いと》おしい　生命科学者から孫へのメッセージ
柳澤桂子　永遠のなかに生きる
柳田国男　遠野物語

集英社文庫　目録（日本文学）

唯川恵　あなたへの日々
唯川恵　シングル・ブルー
唯川恵　愛しても届かない
唯川恵　イブの憂鬱
唯川恵　めまい
唯川恵　病む月
唯川恵　明日はじめる恋のために
唯川恵　海色の午後
唯川恵　肩ごしの恋人
唯川恵　ベター・ハーフ
唯川恵　今夜 誰のとなりで眠る
唯川恵　愛には少し足りない
唯川恵　彼女の嫌いな彼女
唯川恵　愛に似たもの
唯川恵　瑠璃でもなく、玻璃でもなく
唯川恵　今夜は心だけ抱いて
唯川恵　天に堕ちる
唯川恵　手のひらの砂漠
湯川豊　須賀敦子を読む
行成薫　名も無き世界のエンドロール
行成薫　本日のメニューは。
雪舟えま　バージンパンケーキ国分寺
柚月裕子　慈雨
夢枕獏　神々の山嶺《いただき》(上)(下)
夢枕獏　黒塚 KUROZUKA
夢枕獏　ものいふ髑髏《どくろ》
夢枕獏　秘伝「書く」技術
養老静江　ひとりでは生きられない ある女医の95年
横幕智裕 周良貨／能田茂・原作　監査役 野崎修平
横森理香　凍った蜜の月
横森理香　30歳からハッピーに生きるコツ
横山秀夫　第三の時効
吉川トリコ　しゃぼん
吉川トリコ　夢見るころはすぎない
吉木伸子　あなたの肌はまだまだキレイになる スーパースキンケア術
吉沢久子　老いをたのしんで生きる方法
吉沢久子　老いのさわやかひとり暮らし
吉沢久子　花の家事ごよみ 四季を楽しむ暮らし方
吉沢久子　老いの達人幸せ歳時記
吉沢久子　吉沢久子100歳のおいしい台所
吉田修一　初恋温泉
吉田修一　あの空の下で
吉田修一　空の冒険
吉田修一　作家と一日
吉永小百合　夢の続き
吉村達也　やさしく殺して
吉村達也　別れてください
吉村達也　セカンド・ワイフ

集英社文庫

はしたかの鈴《すず》　法師陰陽師異聞《ほうしおんみょうじいぶん》

2019年12月25日　第1刷　　定価はカバーに表示してあります。

著　者　美奈川《みながわ》　護《まもる》

発行者　徳永　真

発行所　株式会社　集英社

東京都千代田区一ツ橋2-5-10　〒101-8050

電話　【編集部】03-3230-6095

【読者係】03-3230-6080

【販売部】03-3230-6393(書店専用)

印　刷　中央精版印刷株式会社　株式会社美松堂

製　本　中央精版印刷株式会社

フォーマットデザイン　アリヤマデザインストア　　マークデザイン　居山浩二

ISBN978-4-08-744062-1 C0193